ほっかほか
酒饅頭
1コ 40円

ちくま文庫

私の絵日記

藤原マキ

筑摩書房

目次

私の絵日記

私の絵日記

一月四日　くもりのち雨

晩ごはんのあとオトウサンとケンカした。
オトウサンは服のまゝふて寝してしまった。
正助の寝顔がかわいゝ。

一月五日　晴　北風

正助とふらっとバスに乗り調布へ行った。

お年玉プレゼントに正助はテレビも入いったキャンデーの袋、オトウサンには仲直りのしるしに高級ハンカチ、私にはブリキの缶にした。

帰ってオトウサンに上げるともったいないと云った。

一月八日　晴　冷えこむ

一カ月半ぶりに女友達の渡辺さんの所へ遊びにいった。彼女の住むアパート（以前私達も居た）まで歩いて三〇分位だ。途中手焼きのセンベ屋があったり、日活撮影所があったり、小川に沿って田のあぜ道を行くので絶好の散歩道である。渡辺一家がずっとあそこに居ればいゝ、なんて勝手なことを考えた。

一月九日　曇り・正午四・二度
夕方久しぶりにランニングをした。近くの中学校のまわりを五周した。終ると体から湯気が出そうだった。

一月十日　晴

いゝ天気なので正助と多摩川まで散歩した。途中梅の花があまりきれいなので花ドロボーをし、河原では大根の葉っぱがあんまりおいしそうなので、菜っぱメシにするため少し失敬した。大根君にはちょっと気の毒だけど…。買い物の時には、捨てゝあったフキの葉を拾いさっそく佃煮にした。おとうさんは古道具屋から病気の歯の標本を安く買ってきたので、なんだか廃品だらけの一日になってしまった。

一月十一日　晴　北風

昨日ガラクタ屋から千円で買ってきた歯の標本をおとうさんは掃除した。よく見ると病気の症状にリアリティがあっておもしろい。玄関にでも置いて、来る客をちょっぴり驚かしてやろう……。

おとうさんも私も古いものや、一見汚なく見えるものが好きだ。私なんか道を歩いていてもすぐ変なものを拾ってくるので、おとうさんは汚ない汚ないというけど、お互い様。そういう物たちはうちにすぐうちとけてくれるが、新しいピカピカなものは我が家にはそぐわない。

歯牙疾患處置標本
歯槽膿漏
抜歯痕
歯髄炎
有髄歯處置
無髄歯處置
ジャケットクラウン
根管開放
インレイ
ポスト・クラウン
金冠
ベニヤ冠

一月十二日　晴　きびしい寒さ
オトウサンのズボンがほころびたのでつくろった。
ミシン目のところがすり切れているので困った。
まずそこをつなぎ合わせてから5㎜程外側を縫い合わせた。
これでもう一年位もつだろう。

宇野浩二
宇野浩二全
宇野浩二全
宇野浩二全

一月十三日　雪

朝起きたら雪になっていた。初雪だ。

正助は大喜こびだ。

いつものように二人で朝食、オトウサンは昼近くでないと起きてこない。

正助にせがまれて外に出てみた。

空気が冷たいのにびっくりしたが、すぐ、昔山陰の片田舎にいた子供の頃を思い出した。貧しかったので、雪の中を靴下もはかず学校に通ったっけ……。

チョコレ

一月十四日　晴

天気がいゝのでみんなで散歩した。雪がまだ残っていたが日差しがキラキラしてあったかい。

一駅となりの「深沢」というガラクタ屋に寄って、前から欲しいと思っていた市松人形を見た。七〜八万と聞き、ほしいけど高過ぎるので、よく考えてみることにした。

一月十五日　晴　風がつよい

昼過ぎ正助がお腹がいたいといゝだしたので、おとうさんはさっそくぶ厚い家庭医学書を読みはじめた。これはおとうさんの癖で、日常の小さな出来事もおとうさんにかゝると大事件になるのだ。宇津救命丸が残っていたので飲ませてみたらまもなく治った。今度はおとうさんが「おへそ」から水が出て気持悪いというので、絆創膏をはった。私は寝不足で目がチクチクするし、みんなコンディションが悪かったが、今日は小正月なので小豆粥にオモチを入れて今年の厄よけをした。

一月十六日　晴

週に一回、団地でやっている青空保育に正助をつれていった。今日はすもう大会があった。正助の対戦相手は一、二才はお兄ちゃんに見える水泳もやっているノブ君で、勝負ははじめから分っていたと思ったのに、正助が勝ったのだ。バンザイ！

一月十七日　強風

「おんなはオベンジョだけはいつもきれいにしときや」と、大阪の母はよく云っていた。その頃はめんど臭さそうに聞いていたが、あんな病気（子宮癌）にかゝってしまったのはバチが当ったのかもしれない……。

明日は病院へ行くつもりなので、風呂、洗面台みがき、トイレはとくにテッテ的にやった。

一月十八日　晴　風が冷たい

今日は大塚の癌研へ定期検診に行った。あのレンガの建物を見ると、全てのものが停止し、二年半前の地獄のような日々が一瞬によみがえってくる。思わずいつものように手を合せ「お父さんどうか私を守ってください」と、普段考えもしない幼いとき戦死した父にお祈りしてしまう。

癌研 病院

一月十九日　晴

天気もいゝので正助と歩いて「西友」まで行った。線路ぞいにいったので、正助の大好きな電車がいっぱい見れた。途中夏ミカンが見ごとになっているうちがあって見とれてしまった。

新宿
特急

一月二十日

正助のガールフレンドが遊びにきた。上の階に住んでいるアコちゃんという子だ。同じ四才でも格別ジャンボでしっかりもしているので、一〜二才はお姉ちゃんに見える。まゝごとあそびをするとアコちゃんはいつも「お母さん」になる。この前までは正助は子供だったが、今日は「お父さん」と呼ばれているのでふきだしてしまった。

一月二十一日　晴のちくもり

オトウサンが出かけたので、正助をつれて小田急線の上原にある鈴木志郎康、麻里さんの家に遊びに行った。外から見ると城へきみたいで、中に入いるとむき出しのコンクリートの、ギリシャ悲劇が似合いそうなすごい家だが、志郎康さんのパンツが干してあったので安心した。ちょうど志郎康さんも居て、麻里さんのつくった「豆本」を、おもしろいでしょと、あのニコニコ顔で見せてくれるのだ。

あとで保育園から帰ってきた草多君も一緒に、グリコの付録を並べて遊んだ。麻里さんはいっぱい集めていて、私もこういうのには目がないので欲しくなった。しかし私が欲しいのは麻里さんも気に入っていて、結局ダブっているのを2、3個しかくれなかった。

一月二十二日　はれ　大寒

風がさすように冷い。正助を青空保育につれていった。今日は「たこ」をつくった。お母さんたちは記念に残す紙芝居づくりなので、子供たちだけで遊んだ。正助は私の姿がみえないのでベソをかいていた。このところずっとよくなっていたのに今日はダメな奴。

一月二十三日　晴

ほしかった市松人形を深沢のアンちゃん（近所の骨董屋）が運んできた。七〜八万といっていたのを五万円にまけてもらい、私のこずかいでは足りないので、オトウサンに半分出してもらう事になった。お嫁にきたという風で、晴着姿で椅子に座らせてあげると、パーと花が咲いたようだ。あんまり素敵なので、オトウサンも正助もすっかり照れてしまった。

一月二十四日　晴　強風

今日はおとうさんは「ペタル」（超小型八角型カメラ）を買いに、正助は京王線改札口の所にいる「パンダちゃん」にスタンプを押してもらうため、二人は嬉しそうに出かけた。私は何カ月ぶりかで一人でのんびりできた。好きなものを食べたり、一人で体操なんかしたり、ゴールデンタイムもあっというまに終って、又元のカーチャンになった。

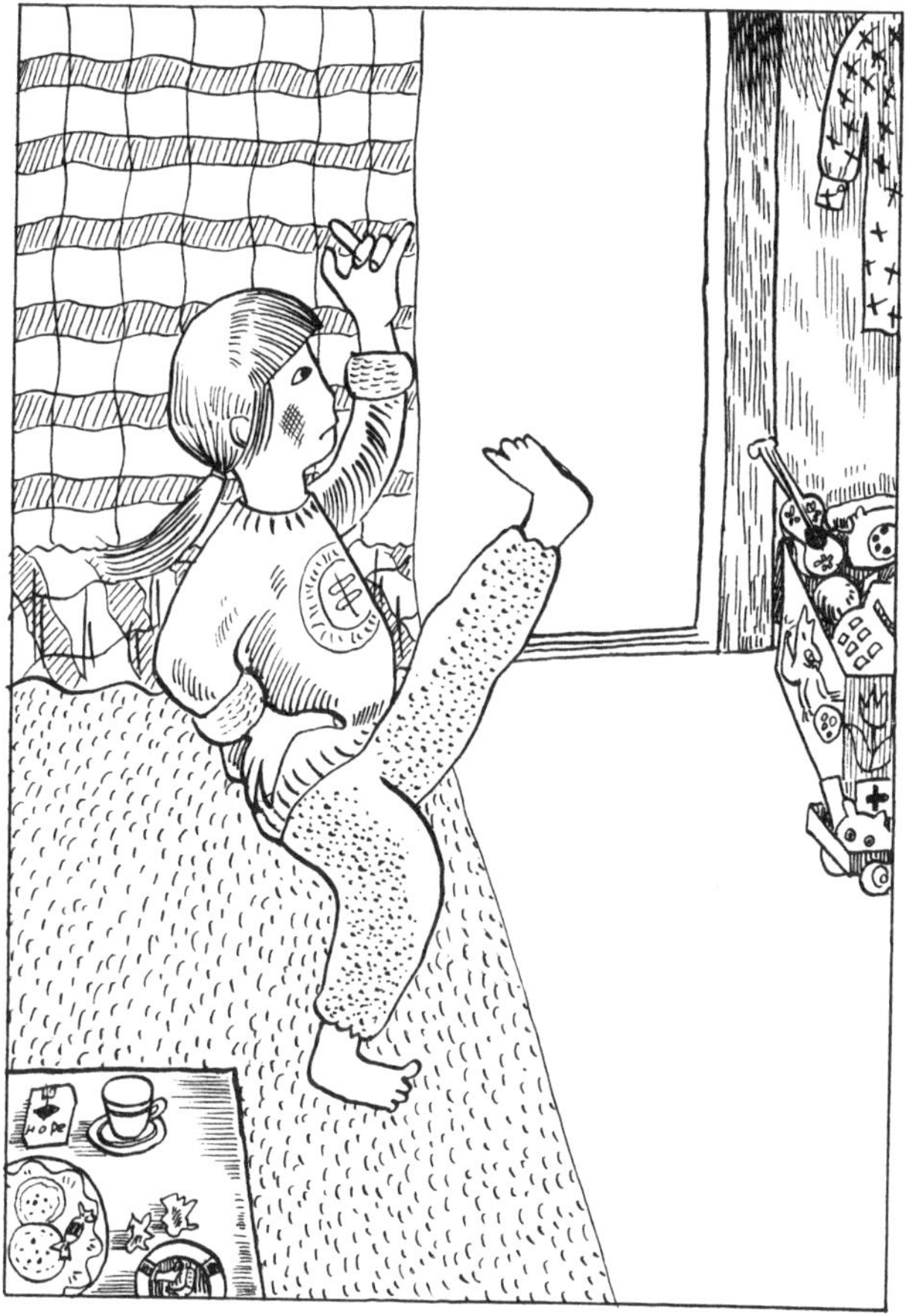
HOPE

一月二十五日　晴

午ごろ、正助とファミリーで買物した帰りに火事に出あった。それほど遠くない多摩川の土手下あたりから黒煙がふき出している。野次馬根性で行ってみる事にした。赤い消防車がサイレンを鳴らしていくたびにお祭りのような気分になりかけた。

一月二十六日　はれ

正助は鼻がつまって、特に寝た時は大人のようないびきをかくので、暮からずっと耳鼻科に通っている。私は待合室で待っているのだが、のれんの下から見ると、神妙な顔をして吸入器を当てヽいるのでおかしくなる。

一月二十七日　晴　南風

オトウサンと正助が散歩に出たので思いっきり動けた。シーツ等たまった洗たくもの、部屋の掃除、市松人形を飾るのにちょっともよう替えをしたりした。このお人形をどうするかでオトウサンと意見がくいちがった。私の考えでは、ケースに入いったまゝだとおもしろくないので、ガラス戸棚のうす暗い所に座らせたら、きっと生きてくると思うんだけど……。

つげ義春
文部大臣賞

一月二十八日　薄曇　春のような陽気

正助と医者へ行き、その足で調布迄歩いていった。銀行・買物をすませ、喫茶店へ入った。正助にはクリームソーダをとってやった。このところ正助は朝から晩まではしゃいで、ふざけてはおこられて、ほんとにガキっぽい。こんな正助は見た事がなかったので、ちょっとおどろきだ。

一月二十九日　小雨もよう

正助が「カーチャンなんかつめたいよ」と云って私を起した。オネショしたのだ！　二、三日前にもやった。やる時はだいたい2〜3回続けてやるのだ。こんな日に限って雨だ。一日中フトンをストーブの前においておいたので、うちじゅうおしっこのにおいがたゞよった。

一月三十日　雨

こゝは三畳のおとうさんの城。だから私達はあまり侵入しない。おとうさんは私達の寝しずまった時から明け方にかけて仕事？　をするので、起きてくるのは昼頃だ。おとうさんはカメラが好きでいっぱい集めている。とくにオモチャカメラがすきみたいだ。

だまって机に向っている時はだいたいカメラの研究をしているのだ。

一月三十一日　くもり

今日は「青空保育」で、正助ははじめて映画を観た。

川にいる住人たち、ザリガニや虫や魚やイモリ、ナマズなどが登場し、空カンから出られないおたまじゃくしを助けるお話だった。

二月一日　晴

渡辺さんの所へ正助と田んぼ道を歩いて遊びに行った。天気はいゝが風が強くふるえあがってしまった。ちょうど肉マンを作っているところで、オトウサンが大好きなので電話で呼んであげた。

私よりずっと若いミヨ子さんだが、面倒見がよく、いゝ女で、甘えるのはいつも私の方だ。人嫌いのオトウサンも彼女には大丈夫のようだ。

帰りは正助をオトウサンの自転車に乗せ、私はマラソンして帰ったら汗が出た。

二月三日

正助は甘えたくなると「ねえちょっとだけダッコして」と云う。そのちょっとという時の身振りとニュアンスが、いかにもえんりょしているという風でおかしい。自分はもう四才になったのでダッコは赤ちゃんだけと思っているらしい。

うちには以前ガラクタ屋から買った天皇陛下の肖像写真があるのだが、オトウサンにダッコされながら、あのオジサンと赤ちゃんは誰？　と聞いているのでおかしくなった。

二月四日　晴

正助はゆうべ風邪のため高熱が出た。一日中お腹が苦しいと云い、私もそうだったが、今日は節分なのでひとにぎりの豆をいってまき、残りはごはんに炊き込んだ。晩ごはんの時、治療中とは別の歯が痛みだし、あまりの痛さに泣いてしまった。おかげで何にも食べられず、パン粥でがまんした。

二月五日　晴

うちのオトウサンは味にうるさいので困ったものだ。美味しいという言葉を知らないみたい……。

私に云わせると、それもかなり独断的なのだ。特にカレーに於ては、新宿西口の京王線近くにある、カレースタンドのカレーしかカレーではないと云う。今晩はそれに挑戦して、ちょっと本格的に作ってみた。

オトウサンが「うん……」と云ったみたいだから、まあまあかな?

二月七日　はれのちくもり　さむい

夕飯の支度前、寸時を盗んでランニングをした。空気がつめたくて汗も出ない。手は真赤にかじかむほどだ。

ふと見ると、道の片すみに新聞紙を広げて包丁研ぎをしている初老の男の人がいた。この寒空に商売する人を見て、どんな境遇の人かと、勝手に想像をふくらませてしまった。

二月八日　くもり　きびしい寒さ

今日のお昼はおとうさんが「だんご汁」を作ってくれた。おとうさんがつくるすいとんは天下一品で、おいしくてしあわせな気分になれた。今「すいとん屋」をやったらどうかしらというと、今はなんでもモダンなものでないとダメだから、シャレた店で、スプーンにフォーク、食器は西洋のお風呂みたいなのでないとダメだね、という事になった。

二月十一日　晴

久しぶりに正助と風呂に入いった。

このごろ正助は芝居がかっていて、ぬいぐるみやキンギョになって自分と「おはなし」してみせてくれるのだ。今日も風呂につかりながら、キンギョになって「ボクはおフロの底の方までいけるけど、アキちゃん（自分）なんかいける？」と自慢してみせるからおかしい。

・アキちゃん（自分でつけた名前で普段もこれを使っている）。

二月十二日　晴

おとうさんは風邪で具合が悪そうだ。

山口君が遊びに来た。昔、水木しげるさんの所でアシスタントをしていたころうちへよくお使いで来た。まだ子供っぽさが残っていた。あれから古本屋をやったりしたが、今度は結婚するらしい。「山口のオジチャン」は正助にとって一番尊敬している人らしい。というのは、車を持っていて運転も出来るからだ。

二月十三日　晴　風

今日の「青空保育」はみんなで多摩川の土手まで行き、ダンボールすべりをした。風が強く寒かったが、子供たちは元気に遊んだ。正助ははじめこわがったが、なんとかすべれた。コツがあって、上体を思いきりうしろに倒すとい丶のだ。

二月十五日　晴

風もなくおだやかな天気なので、久しぶりに正助と四十分ほど歩いて調布まで行った。途中畑で小松ナを安く売っていたので買った。このところ野サイがあんまり高いので、買いものにいくたびこわくなる。

東急で台ワンのキャベツが日本産の半値位で出ていたので買って食べてみた。ちょっと大味だが結構いける。

100エン

二月十六日　くもり　さむい

正助をつゝじが丘にある児童会館まで、映画を観にバスでつれていってやった。「雪の女王」という人形を使ったアニメーションだったが、夢のようで、怪奇ロマンの趣きさえ感じられ、私の方が楽しんでしまった。

帰りに「百円」の洋服を見つけたので買った。折り目の所が色あせて縞模様になっているが、まぎれもなく新品なのだ。マジックかなにかで色をぬって着よう。

たったの
100エン

二月十七日　晴のちくもり　寒

正助と私とのおはなし

正「カーチャンのポンポンに入いる前は、ボクはどこにいたの」

私「いなかったのよ」

正「？（考えて）石ころだったの」

私「うん、そんなもんだったよ」

正「どの石がボクの石かわかんなかったの」

私「うん」

正「カーチャンのポンポンでネンネしてる時、電気ついてた？……
だけどその石がどうしてカーチャンのポンポンに入ったんだろう」

私「トーチャンがカーチャンにプレゼントしてくれたのよ」

正「フーン、だけどどこから歩いてきたんだろう」

二月十八日　晴のちくもり

マンガ中心の古本屋をバリバリやっている若手のダンナ衆がきた。この人達はおとうさんの「豆本」を出す計画をたて、去年から何度かきているが、おとうさんの方は一向にはかどらない。今日も収穫なしだが、そのかわり何冊かの本とおとうさんのサイン本をぬけめなく買っていった。

二月十九日　雪　大寒

久しぶりに雪が降り一日中寒かった。みんな風邪がまだ治らず一歩も外へ出なかったが、かえって気分が落着いた。昨日お土産にもらった大好物のクッキーで、正助と2人、クッキーパーテーをした。

二月二十日　晴

この間食べたオトウサンの「すいとん」の味が忘れられず、食べたいと云うと、つくってくれるというので今晩はオトウサンが料理、私が正助を風呂に入れることになった。

「トーチャンがカーチャンになって、カーチャンがトーチャンになった」と正助も大喜こび。

二月二十一日　晴のちくもり

今日は正助が四月から通う事になる幼稚園の制服をとりに行った。あれこれ揃えるのに二万二千円かゝり、お金が足りなくなって、あわててうちへ取りに帰った。終って、これから友達になってもらう親子二組、チビさん達も含めて六人、うちへ寄ってもらい、コーヒーとクッキーを出した。正助が外では一言もしゃべれない恥かしがりやなので、幼稚園へ行ったらどうなるのかと案じてしまう。

二月二十二日　晴

天気もいゝのでおとうさんのオモチャカメラを買いに、下北沢の古道具屋へみんなで行く計画をたてたが、電話が通じず結局あきらめた。そのあと二人が散歩に行ってくれたので私はランニングが出来た。思いっきり汗を流しすっきりした。夜は久しぶりにおとうさんと三本立映画を観た。「逃亡者」「ビスマルク号を撃沈せよ！」リタ・ヘーワウスの「カルメン」。

ハチミツ

二月二十四日　晴

日差しは暖かく、小鳥はさえずり、ベランダでは父子が何やら楽しそうにまゝごと遊びをしているようだ。いつも雑事ばかりで、およそ形而上的なこととは無縁の私だけど……。一瞬ハイ、ハイな気分になった。

二月二十五日　晴　春のような陽気

うちの近所にこんな洋館が一週間前には確かにあったのに、今日来てみると跡形もなく無くなっていた。まるで狐につまゝれたみたいだ。

アガサ・クリスティーに出てきそうな感じが好きでよく来ていた。いつも人の気配はなく、蚊が猛烈にいるので正助と「蚊やのおうち」と呼んでいた。

もと〳〵ミステリアスな雰囲気がたゞよっていた事もあり、クリスティーならさしずめ「消えた洋館」かな？　などと一人で空想した。

二月二十七日　くもり

今日はおとうさんは二軒のガラクタ屋へカメラを買いに行った。カメラに熱中している時のおとうさんは子供のようだ。

私が夕飯の支度をしていると、おとうさんの部屋から正助の声が聞こえてきた。「ほらトーチャンドアを閉めようよ、カーチャンにみつかると又叱られるよ」二人でカメラの「お仕事」をしているようなのだ。

hope

二月二十八日　みぞれ

去年は何年ぶりかで映画を観たが、今日も何日も前からオトウサンに頼んでやっとOKが出た。出かける時は心が浮き〱した。水道橋で降りて岩波ホールへは始めてだ。フランソワ・トリュフォーの「緑色の部屋」を観た。死んだ者との対話にしか興味のなくなった、生きながら死の世界に半分入いってしまった男の話だった。地味だが、ちょっと変ったテーマでおもしろかったが、今日は雪もちらつく寒い日で、帰りはすっかり疲れてしまった。

洋食
古本買入

二月二十九日

昼過ぎ予約しておいたので歯医者へ行った。心ぼそいので正助もつれていった。バッハの曲が流れ、みっちりやってくれたが帰ってみると、治療の関係上健康な歯迄けずられ、化け物みたいではないか、その上、治療代だけで五〇二〇円もとられ、そらおそろしくなってしまった。お金をボンボンとられてオトウサンに申し訳なくてしょうがない。

ヨーグル

三月一日　くもりのち雨

春一番がふいた。

今日は正助の一日入園の日。寝過すといけないので目覚しをかけておいた。制服・ボーシもかぶり改まった気分になった。泣かなかったら「しゃもじ」を買って上げる（ずっとシャモジを欲しがっていたので）と、おまじないをかけたらきいたようだ。それでもしょっちゅう私の方をふり返っていた。今日は楽しい事ばかりだったので、まんざらでもなさそうだった。

三月二日　風がつよい

歯医者に行くのほど怖い事はないと常日ごろ思っているが、もう逃げられないほど虫歯がしくしくしてきたので勇気を出して行った。上の大臼歯が二本、大きな穴があいているのだ。マスイをかけて神経をぬかれた。

以前閉店まぎわの歯医者に飛び込んだ時は、マスイもかけずに神経をとられた。

となりでは子供があばれないようにネットを被せられている。そういえば猫が風邪をひいて医者につれて行った時も、やっぱりネットを被せられたっけ……。

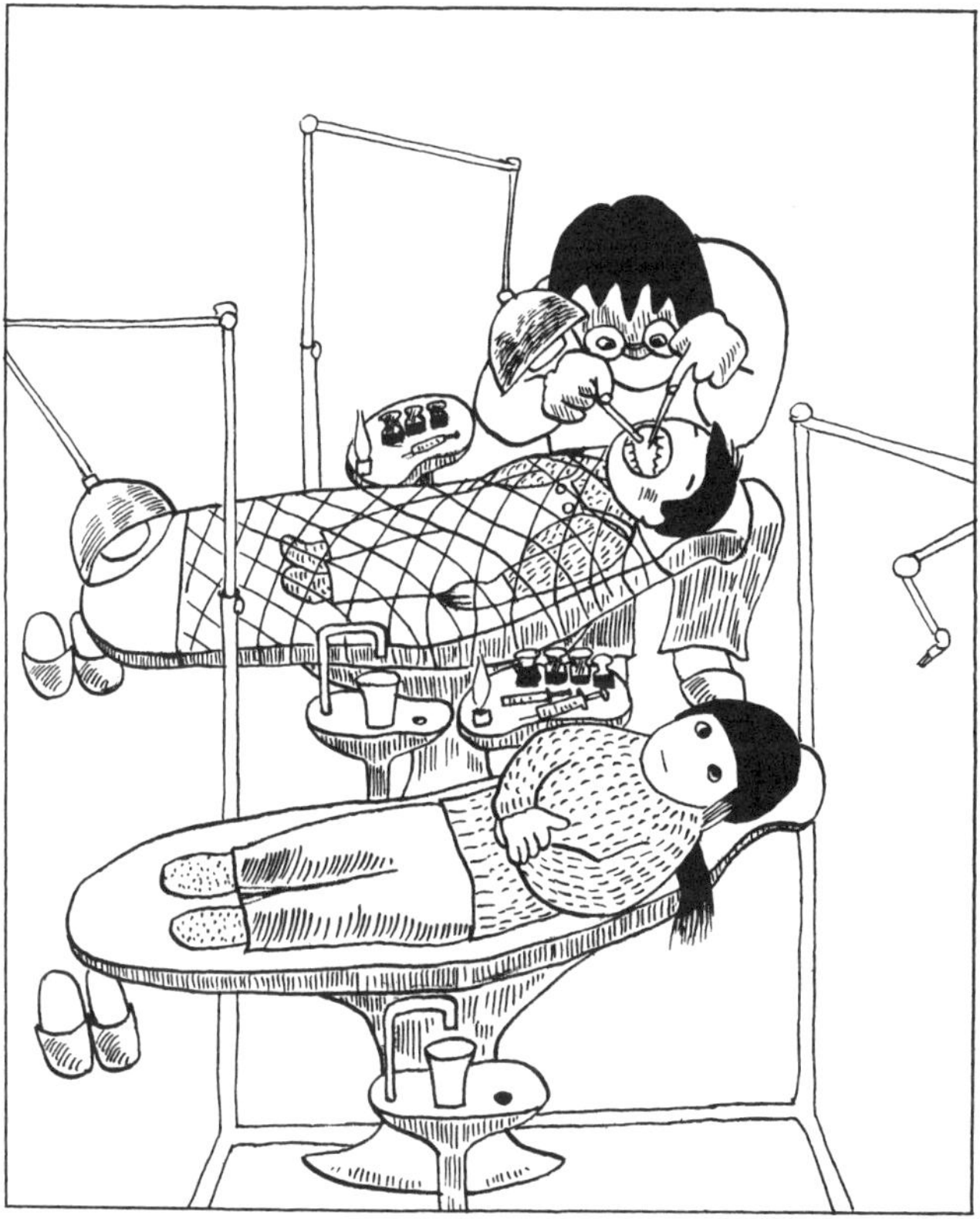

三月三日

正助と歩いて調布へ買物に行った。

このところ物があんまり高いので、少しでも安い物を買うことに真剣だ。

まず食料品、正助との約束のしゃもじはちょっと可笑しかったが、買ってやったら大喜こび。これから長ぐつも要るので母子お揃いで黒長にした。帰ってオトウサンに履いて見せると、魚屋のネーチャンみたいだとからかった。

魚

三月四日

一年ほど前から週に一回、近所の集会場でバレーを習っている。子供の時「私はバレリーナになりたい」と作文を書いたのを覚えているが、今はバレリーナになるつもりはないけど、好きなのでやっている。

大人は私一人だけで先生とマンツーマンだ。井上梅子先生は文部省芸術祭賞をとったこともある、大バレリーナである。今日始めて踏シューズを履いたら立つだけでも精一杯、二、三歩歩いたらあまりの痛さに泣きたくなった。バレーてほんとに大変だ。

三月八日　晴れ

もう暗くなっていたが、オトウサンをさそって親子三人、夕飯のオカズを買いに団地のスーパーまで行った。オトウサンの好きな魚の煮付け用に、金目鯛を買った。

立入禁止

三月九日　雨

又雨。一日中降り続いた。なんだかこゝ何日か気分がふさぐ……。今日はとくにひどく、誰ともあんまり口をきゝたくないほどだ。だけど主婦としてはそうも云ってられないので、しばらくやってなかったガス台・台所みがきをした。早くこんな気分にケリをつけようと、夕方早々お風呂に入り髪を洗った。上ってからすだれみたいな前髪も切ったら少しはさっぱりした。

三月十日　晴れ　強風

一足飛びに春になったようなあったかさだ。風は豆台風並みだが、午後、みんなで久しぶりに自転車で「多奈加」へ行った。この前オトウサンが見つけてきた時代物の市松人形と、めずらしい男の子の人形を買うためだ。ちょっと高い買物だが、そのぶんオトウサンの掘り出しものカメラで穴うめ出来た。私は中国製のちょっとおもしろいブリキ缶を付けてもらった。ビスケットの缶なのに鍵がついているので、昔の中国はビスケットに鍵をかけるほど貧しかったのかなあ、と勝手に空想した。

一ピキ
200エン

三月十二日　晴　強風肌を射すよう

正助をいつも通り耳鼻科へつれて行き、私も歯医者へ行ったあと、突然渡辺さんに逢いたくなり、そのまゝうちの前を素通りして行った。途中ちょっと廻り道をして、以前オトウサンとよく行った、ボロ屋が立ちならぶ多摩川の土手下へ行ってみた。この一角は迷路のように入りくんで、こわれかかったバラックがあったり、廃品があちこちに積みあげてある。こゝではにわとりや猫も我がもの顔に遊んでいたりして、そんな雑然とした感じが好きで時々来たくなる。突然だったのに運よく彼女は居たのでホッとした。

三月十四日　晴　あったかい

正助と久しぶりに電車に乗り新宿へ出た。いつもズックの私だけど、女だからやっぱりハイヒールが一つ欲しいと思っていた。正助の入園式ももうすぐだしとオトウサンに頼み、私の誕生日（23日）のプレゼントにしてもらう事に一人で決めた。

私の足のサイズは22なのでなか〳〵なくて何時も困る。今日も正助の気ゲンをとりながら探し廻って、やっと素敵なのを見つけた時は嬉しかった。大好きな赤の中ヒールだ。

あんまり嬉しくて子供みたいに枕元へ置いて寝た。

三月十五日　晴れ

あったかいので伸び放題になったオトウサンの散ぱつをしてあげた。オトウサンは床屋へ行くのが大きらいなので、いつも私がやってあげる。

カミソリでそいでいくのだが、髪の毛が普通の人の三倍ぐらいはあるので大変だ。そのうえ固くて、一本抜いて持ってみると針金のように立つほどなのだ。私のもそうで、これだけはよく似ている。二人とも余程ガンコ者みたいだ。私もオトウサンにやってもらう。私のへアスタイルは十何年同じなので、前と横は自分で切り、後は一〜二年に一回オトウサンに切ってもらう。チョン、ハイオワリーで10秒とかゝらない。我が家は頭に関しては安上りだ。

三月十六日　晴

近所の八百屋で捨てゝあったフキの葉をもらい、佃煮にした。ほろ苦くて美味しい。金時豆も煮た。豆を少し別にとっておいて、夕飯にはおモチも入れて〝金時ガユ〟にした。これは私の新機軸で結構いける。それに野菜の煮しめ、小魚の佃煮をつけて、今晩はなんだか昔の公家さんの食事みたいだ。

三月十七日　晴れ

正助風邪で40度の高熱が出、一日中赤ん坊のように寝てばっかり、目が覚めてもぐったりして口をきくのもつらそうだ。こんな時、いつものふざけ正助を思い出そうとしても無理だ……。正助の寝顔を見ながら毛布のエリ付けをした。夕方から私もゾクゾクしだした…。夜になっても熱が下らないので、冷ぞう庫に入れておいた下熱剤をお尻に入れてやった。

明日は正助の笑顔が見たいと思う……。

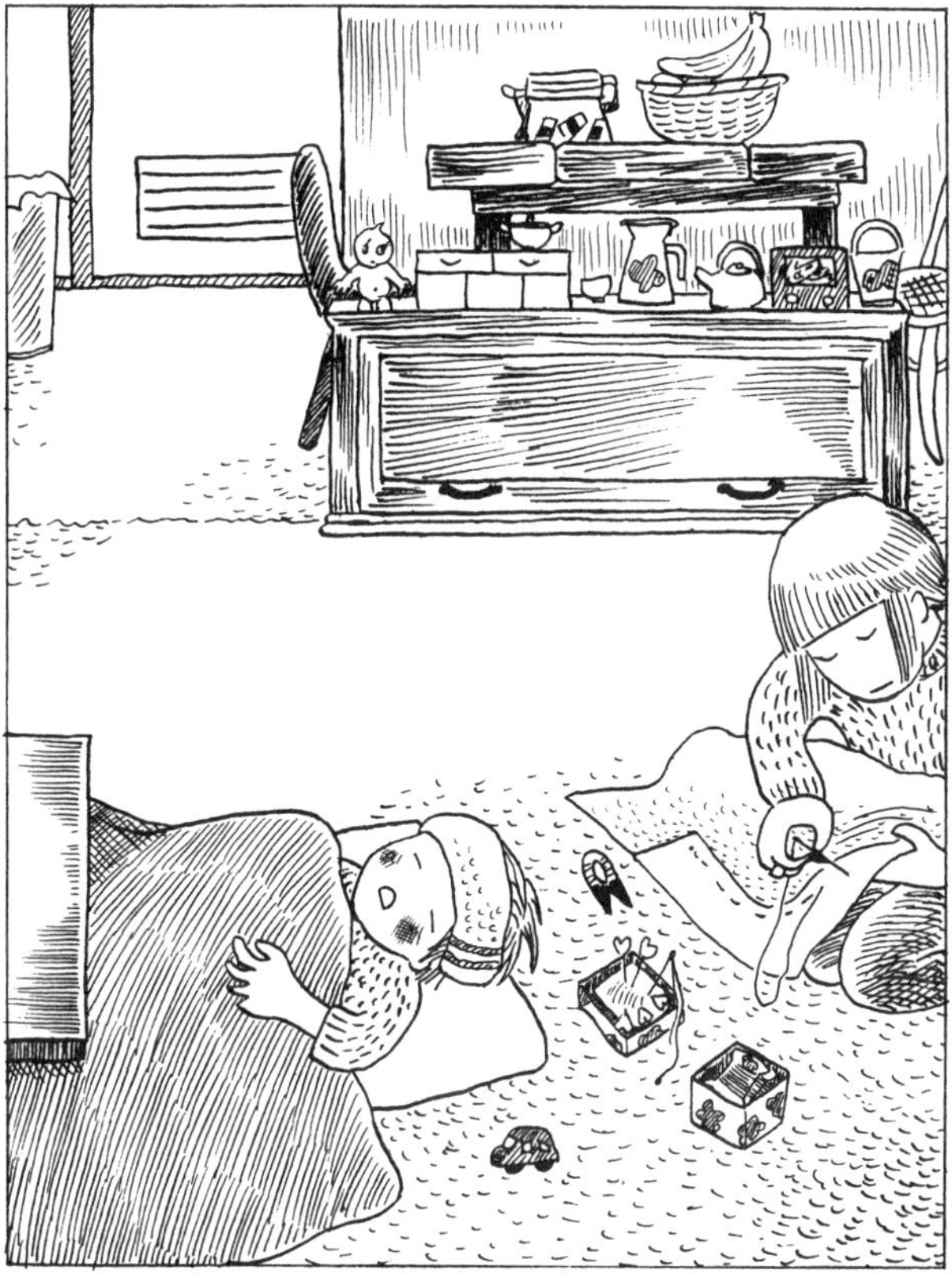

三月十八日

今度はオトウサンが高熱が出、夜中一人で苦しんだという。私ときたら鼠に足を噛まれても（子供の時）起きないほどなので、気がつかなかった。幸い正助は昨日のぶんまでおしゃべりしてくれたのでホッとした。

風呂の排水が悪いと思っていたら今日は完全に流れなくなった。内ぶたをとると、ノロがびっしりついていた。取りのぞいてやると、溜まっていた水が驚くほどいつまでも流れるので、その音に聞き入っていると、心のゴミまで一緒に流れていくような快感があった。

夜になってどうも変だと思ったら、私まで熱が出てしまった。

三月十九日

一家全滅だ。おまけに今日は冬に舞い戻ったような寒さだ。オトウサンは昨夜も汗びっしょりかいたので、下着や寝巻きを洗い、フトン・枕まで乾かした。

正助を医者につれて行ったり、最低の家事はやらなくてはいけないのできつい。オトウサンはおこたで寝ている。オトウサンの方が重いのは解っているんだけど……正助は朝から訳のわからないこと云っては困らせるしで、とう〳〵大声を張り上げ、オトウサンにまでケンカを売ってしまった。

三月二十日

オトウサンが新宿へでも行ってきたら？　と云ってくれたので、入園式用に小型のバックを探しに行ったが、あまり高いので結局あきらめた。そのかわり、私好みのガマ口型オモチャみたいなのを二千五百円で買った。

出かける前は正直云って息抜きしたいと思っていたのに、熱のせいか疲れただけだ。

うちに居ると修羅のようになるくせに、病気の二人を放ったらかしてきた自責の念にとらわれ、とても楽しむどころではなかった。

三月二十二日　雪

オトウサンがトイレから出てきてひっくり返った！

長身だから電信柱のように倒れた。

あんまり驚いたので夢を見ているようだった。昨夜40度も熱が出て、トイレの冷たい空気に急にふれたものだから、立ち上ったとたん、つよいめまいがおきたのだという。

ちょうど、医者嫌いのオトウサンをやっと説得して、正助と一緒に近所の医者へ連れて行こうとしていた矢先の出来事だった。結局、オトウサンは歩けないと云うし、オンブする訳にもいかないので（70kgある）、正助だけ連れて行く事になった。

三月二十四日

夜オトウサンと夫婦ゲンカをした。

二、三発やられたので、捨てバチな気持になってしまい「もうオトウサンなんか要らない！　二人で何処かへ行ってしまおう」と正助に口走ってしまった。あとでオトウサンを傷つけたかと後悔した。

私は体がつらいと、つい言葉まできつくなる悪いクセがある。今日もちょっとした言葉の誤解からケンカになってしまった。オトウサンにしてみれば、こんなに自分が苦しんでいるのに、なんてやさしさのない女だと腹が立ったのだろう。

しかし私も今日は横になりたかったほどだ。

三月二十五日

昨夜のオトウサンとのケンカが尾を引き、気持はうつ〳〵と滅いるばかり。体もだるいし、何をするのもイヤになる……。こんな時、何もかも放ったらかして、と思うのだが、そうはいかないところがオンナはツライのだ。

寝汗をかくので最低の洗たくだけはした。

三月三十日　晴れ　初夏の陽気

外は春の真只中というふうなのに、私は微熱もとれず、気分も無性に淋しい……。

どうしても悲観的になってしまう。

私はどうも軽いうつ病にかゝっているようだ……。

オトウサンはめまいがすると横にばかりなっているし、うちの中はだんだんくらい感じになっていくみたいだ……。

正助がやっと食欲も出てきたので、それだけが救いだ。

四月一日　小雨　エープリルフール

昼食をしていたら、突然オトウサンが「目まいがする、救急車を呼んで」といって畳に横たわったので、びっくりしてしまった。こないだも一度ひっくり返っているので、脳卒中かと思いあわてたが、救急車が来たら、オトウサンはタンカにも乗らず、自分で歩いて車に乗ってしまった。正助はというと、あこがれの救急車に乗れて嬉しそうだが、私は始めての事で神妙な気持になった。

診察の結果は、脳貧血の症状もなく、血圧も正常と云われ、ひとまずホッとしたが、明日改めて精密検査を受ける事になった。

タクシーで帰った。家に着くころにはオトウサンの目まいももうおさまっていた。

四月二日　晴れ

オトウサンを病院へ連れていった。

オトウサンは思ったより元気そうなので、今日は自転車で行った。

正助は私のに乗せた。

胸のレントゲン、血液、尿などの検査を受けた。オトウサンは普段から頭痛もちなので、脳に異常があるのではないかと心配でならない。正助はお菓子やらパンのたくさんある小さな売店が楽しくて、ごきげんだった。

家に帰ると義母が来ていた。

会計
受付
WC
検査1

四月三日　晴れ

義母、昨夜は泊った。正助と義母と三人で朝食。義母はパン食でも納豆、オシンコなどをはさんで食べる庶民的な人だ。

正助がもうすぐ入園なのでそのお祝いに来てくれたのに、オトウサンが病院から帰ってきたところにぶつかったので、息子おもいの義母にはショックだったようだ。

それにしても義母はいせいがよくて、カンロクがあるので、ヨメの私は義母が座っているだけで迫力を感じ、大したものだといつも思ってしまう。

四月四日　晴

風があるが今日もいゝ天気なので、正助と団地周辺を散歩した。途中バス停があったので、そのまゝバスに乗り調布まで出た。コーヒー、トーストを食べ、今度は線路沿いに歩いて帰ってきた。私は相変らず気が重いが正助は嬉しそうだった。

オトウサンの病院での結果は、血沈、胸とも異常なし、たゞ平衡感覚が少し変だと云われたらしい。

四月七日

「カーチャン起っきして」という正助の声に、又オネショだと思って目を開けると、正助が服を着て顔をのぞきこんでいた。きくと、一人で起きてカーテンを開け、ストーブをつけ、顔もちゃーんと洗って私を起しに来てくれたのだと云う。おまけに私がトイレに入いると「カーチャン、チッコしたらチンチンのとこ、これでふいてね」と真面目な顔してチリ紙をくれたので、思わずふき出してしまった。いつも自分がしてもらっているので、今日は精一杯サービスしているつもりらしい。思いがけない正助のユーモアで今朝は久しぶりに楽しい気分になれた。

四月九日　夜風まじりの雨

風邪が長びいてひつこい微熱がとれず、朝から体がだるい。

オトウサンはあれ以来目まいがすると寝てばかり。明日は正助の入園式で、準備する事もいっぱいあるのに、まだ何もやっていない。

あれやこれやで、このところ昼頃になるとだんだん頭から角が生えてくる。

今日もそんなとき、正助がちょっと云う事をきかなかったので、突然ヒステリーを起し、ブリキのゴミ入れを投げつけてしまった。

正助はびっくりしてすっかり怯えてしまった。かわいそうな事をしてしまったものだ……。

私はすっかり鬼ババアになってしまった。

四月十日　晴天

今日は正助の晴れの入園式。昨夜の雨風も上りスカッとした青空だ。相変らず熱でフラフラするが、今日はうんとおめかしをした。正助も真新しい制服、帽子で光って見えたが、式の途中、私の顔が見えなくなって泣き出してしまった。そんな正助を見ると、明日からのことが案じられ心が痛む……。

帰ると、オトウサンは目まいがするとまだ寝ているので、せっかくの入園式なのにオトウサンに寝ていられると、家の中が暗くなるようでつらい。

それでも記念の写真を、満開の桜の下で撮ってくれた。

四月十三日　雨

私達親子にとっては始めての日曜日。オトウサンがマンガ家なので、日曜とか祭日は今まで我が家にとっては何の意味もなかったが、これからはちがう。あいにくの雨模様で一日中うちで過した。その上又オトウサンとケンカしてしまった。しかけるのはいつも私の方だ。オトウサンと正助は早々に寝てしまった。

夜一人になって、幼稚園に持っていく靴や下着に名前を入れたり、雑布を縫ったりしながら、つく〴〵ケンカしたくないと思った。

つげしょうすけ

四月十四日　豆台風

正助を幼稚園に送ってきて台所を片していると、オトウサンがめずらしく早く起きてきた。昨日のケンカのあとなので、なんとか仲直りしたいが、オトウサンは黙っているのでとりつきにくい……。だんだん風雨が強くなり、ちょっとした春の嵐になった。正助を迎えに行くと、傘をさすのが下手な正助はビショヌレになってしまったのに「今日も泣かなかったよ」と、誇らしげに云うので嬉しくなった。そして「幼稚園は楽しいよ」と又云ったので、私のユーウツな気分もふっ飛んでしまった。

四月十五日　冬に戻ったような寒さ

オトウサンがとうとうおかしくなってしまった！

固い顔して電話帳を見ていたと思ったら、突然精神科に電話をかけたのだ。このひと月様子が変だったので、暗い予感があった……。とうとう自分から助けを求めたようだ。

精神科では明日までがまんしろと云うが、ふるえているオトウサンを押えていたら、可哀想で涙が出てしまった。どうしてあげることも出来ず、おろおろしてしまった。

夕飯の支度どころではないので、弁当を買ってきてすませた。

夜、オトウサンと正助が寝て一人になると、心細くて、まるで大海に漂う小舟のような、たよりない気持になってしまった。

四月十六日　曇り　肌寒い

始めて慈恵医大の精神科へ行った。

オトウサンは緊張のためか体を固くしている。待っている間「隔離室」と書かれたドアが目につき、急におそろしくなってきた。

いつか、頭を病んだ人が行く湯治場へ、私が頭が弱く、オトウサンは付きそいという事にして行ったことがあり、その時の光景、暴れる狂人をしばる太い鎖がついた五ェ門風呂を、何故か思い出してしまった。

名前を呼ばれてオトウサンが入いると、私も入いるよう云われ、一時間余り二人で問診を受けた。オトウサンは自分の症状を的確に話すことが出来て、思わず感心してしまった。

血液、尿検査をし、不安を柔らげる薬をもらって帰ってきた。

精神 神経科
受付
隔離室

四月十七日　雨

正助機嫌が悪いが、なんとかなだめて幼稚園に連れて行き、今度はオトウサンを病院へ連れて行った。

今日は心理テストを受けた。「ロールシャハ」というテストで、インクをこぼしたような抽象画を見て、具体的なイメージを想いうかべるもの。それと百問以上もある○×式は家でやるようにと問題用紙を渡された。

テストをしてくれたのは若いきれいな女の先生なのに、「ロールシャハ」の絵がみんな女の性器に見えて困った、とオトウサンが云うのでおかしくなった。

オトウサンは病院に来たという安心感からか、少し落ち着いた様子だ。うちに帰るとオトウサンは病院の宿題を熱心にやっていた。

四月十八日

正助の幼稚園に持っていく袋物類など、今日がもうタイムリミットだ。それなのにオトウサンと黒沢明の「椿三十郎」を観てしまい、とりかゝったのは夜中の一時。

私の大ゲサな顔を見てかオトウサンが「手伝ってやろうか」と云ってくれた時は助かった！　と思い、こんなこと云ってくれたの始めてなので嬉しくなってしまった。

ミシンがないのでみんな手縫いだが、オトウサンもケッサク？　な袋を縫った。

二人でやったのに夜が明けてしまった。

つげ
しよすけ

四月十九日

正助の血液型の結果を聞きに行った帰り、久しぶりにレストランへ入った。

「本当はずっと心配だったんだ。これで安心した」とオトウサンが神妙に云ったのでふき出してしまった。正助が自分と同じA型だったからだが、日本人はA型が一番多いと云うから当てにならないと思うが、それよりも正助はオトウサンにそっくりで、私に似ている所は鼻の穴ぐらいなものなので、私こそ心配と云って笑い合った。オトウサンが笑ったのでホッとしたが、それも長く続かず、だんだん顔付きが変ってきた。

突然早く帰ろうとせきたてるので、そゝくさと食べて出てきてしまった。いつ不安の芽が出るかわからない……。

四月二十日

今日は嬉しい日曜日。正助が電車に乗りたいと云う。このところオトウサンの事ばっかりに気をとられていたけど、正助が急に可哀想になり、思い切って新宿へ連れて行ってやる事にした。特急や急行だとすぐ着いてしまうのでわざ〳〵鈍行に乗った。正助は嬉しいのか喋り通しだった。そんな正助を見ていると、ひと時家の事も忘れられ、私まで浮々した気持になった。オトウサンの好きな駅弁をお土産に買って帰ったが、家に入ると電気もつけないでオトウサンがうずくまっているので、とたんに現実に引き戻された。

四月二十一日

オトウサンは薬のせいもあって終日自分の部屋で横になっている。薬の中には精神安定剤といっしょに筋肉をゆるめる薬も入っているらしい……。眠るだけが救いと云うオトウサンを見ていると私もつらい。

しかし病院の先生にじっとしていないで、出来るだけ行動するよう云われているので、無理矢理連れ出し、スーパーへ買物に行った。こんななんでもない日常の事でさえ、今の私達にはとても大事な事のように思える。

他人には幸せ一家の買物風景のように見えるだろうか？　とフッと思った。

メン
100

四月二十三日

慈恵の精神科へ約一週間ぶりで行った。

この前のように二人で診察室へ呼ばれた。

オトウサンの先生は、若いハンサムな増田先生だ。検査の結果、内科的には健康すぎるほど、と云われホッとした。

オトウサンは極度の不安に落ち込むとめまいに加えて足が硬直することや、心理状態をのべた。こういう時のオトウサンは実に理路整然としているので、どちらが患者か分らないほどだった。

問診のあと、今日は脳波のテストを受けた。もし脳に異常があれば分るのでこわい。

四月二十五日

今日もオトウサンはめまいがすると云って一日中寝ていた。食欲もなさそうなので、夕食はちょっと目先きを変えて、遠足風におにぎりにしてみたが「砂を噛んでいるようだ」と云い、少ししか食べてくれない。

正助も今晩はどうした訳か欲しくないというばかり。普段から小食な子だがそれにしても変だ。しょうがないので一人で頑張った。

四月二十六日

正助、ゆうべから変だったが、やっぱり熱を出した。オトウサンは相変らず自分のカラに閉じこもったまゝで、私達との対話もほとんどない。かと思うと今日は、いゝ中古カメラが出たとの電話に別人のようにすっ飛んで行ったので、あっけにとられてしまった。

私は風邪が慢性化し、心身ともくたびれた。ふとアナーキーな気持も出てきて唖然とした。

四月二十八日　晴

初夏のような暑さになった。

いつものように正助を幼稚園から連れて帰り昼食。オトウサンも今日は少し楽な様子なので外へ行こうと誘ってみた。あんまりいゝ天気なので思い切って少し遠出した。「野川」の土手で自転車をとめ、正助を遊ばせた。正助はまるで生き返ったように花や虫と遊んだ。

太陽がキラキラ輝き、花は咲き、束の間辛さから逃れて平和な気持に包まれた。このまゝこゝにずっと居たいと希い、もう帰りたくないという気分になった。

五月二十三日　晴

春ももうすぐ終わりだというのに、ずっと寒かった。今日は久しぶりに良い天気なので家中のフトンや毛布を干す事にした。ベランダに出てみると、黒い大きな蛾が二匹、ベランダにペタッと張り付いている。あまり気味が悪いので、ちょっと乱暴だが、チラシをかぶせ足で踏むと、グニャッとイヤな感触が足の裏を走った。もう一匹は踏む勇気がなく、チラシの上から小石を乗せた。あとでそっと見ると居ないので、逃げてくれたんだと何故かほっとした。ところが夕方、洗濯物を入れようとしてギョッとした。私のスカートに模様のようにとまっているではないか！　まだ居たのだ。朝潰《つぶ》した方をこわごわ覗いてみると、緑色した卵がたくさん出ていた。大きい方がメスだったのだ。この二匹は夫婦だったのかな？　と思った――。夜になってまた正助のゼーゼーが出てきた。

七月二十三日　ひさしぶりの良い天気

オトウサンも私もずっと忙しくて、散歩もしなかった。今日は天気も回復し、めずらしくオトウサンが散歩に行こうと言うので、ふだんほとんど行かない所へ連れていってもらうことにした。正助を真ん中に縦に自転車を走らせ、野川ぞいからそれて、深大寺方面へしばらく行くと、ひなびた田舎のような風景に出くわす。大きな農家が何軒か残っていて、牛を何頭も飼っている家があったり、農作業をする人や無人の野菜売り場など、のんびり、ここだけ時間が逆戻りしたみたいな、そんな気分になれる所だ。

帰りは〝祇園寺《ぎおんでら》〟に寄った。一風変わった石仏が文化財になっているらしいが、来る人もほとんどなく、うらぶれている。水木しげるさんの絵そっくりのくずれかかった祠《ほこら》があって、中を覗いてみると、木でできた素朴なエンマ様がギョロ目をむいていた。――今日はみんな、何だかすっかりゴキゲンになれたのだった。

十一月九日　日曜　とにかく寒い

正助は足が私よりも大きくなった――。

勉強の方はサッパリだが、遊びにかけては才能があるのか次から次におもしろい事を始める。このところは家の中で小さな〝おみせ〟をやっていて、たばこやから駄菓子や、今度は小がためざしやとお風呂やを始めた。これらはミニ版だがもちろん本物だ。当たりクジだってある。めざし（実は煮干し）を買いにいくと、ストーブで焼いてくれる。香ばしくてうまい。超デカは10円もする。そんな風で、お風呂の方も入るたびに10円取られるのだ。儲けたお金で〝ファミコン〟を買いたいらしい……。

うちはまた、毎日のように子どもたちが遊びに来る。正助は〝5バカトリオ〟というのを結成していて、学校の成績は皆イマイチだが、おもしろい子たちばかりだ。中にはうちにオモチャを置いている子もいて、家中オモチャだらけ。だけど私もオモチャが好きなので、片付いたためしがない。うちは子ども天国というわけ。

おふろ1回10円
あたまあらうと15円
おふろや
つげちゃん株式会社
ちょうでか
小
中
大
小がためざしや
小3本ー3円
中3本ー5円
大2本ー8円
ちょうでか1本10円

十二月二十四日　快晴

サンタさんは居るのか、居ないのか？　毎年これが問題になる。しかし、正助はまだ半分以上信じているのでカワイイ。だけど友だちには言わないらしい。だって笑う、と言う。そこで、サンタさんは信じている子の所だけ来てくれるんだよ、と言ってやる。この一週間、正助は毎晩寝る前に手を合わせてサンタさんに頼んでいる。大きな声で言わないと届かないよと言うと、神妙な声で頼むので可笑《おか》しい……。正助が心配そうに、頼んだ物が大きいので、くつ下に入らないとサンタさんは置いていってくれないかもしれない、と言うので、紙袋で特大のくつ下を作ってやった。

夜、オトウサンと二人で〝サンタさん〟になりながら、――これじゃ、大人の方が楽しませてもらっている。サンタさんはこうして大人にもプレゼントをくれるんだネ、と二人で笑い合った――。

しゃ
もってき
てください
サンタさん
おねがいしま
す

あとがき（単行本）

この絵日記は、正助が「カーチャンの部屋」と呼んでいる、台所の、ナベやカマの横で描きました。

きっかけは、正助の幼い時の家族の生活記録を残したいと思い、8ミリで撮るとなると高価についてしまうので、うちは貧乏だし、ということで絵日記を思いついたのです。

正助が大きくなってから見て、喜こぶんじゃないかなあ、と始めた訳ですが、北冬書房の高野さんの目にふれ、出して下さる事になったのです。

そうなると不思議なもので、それまでらくに描けていたものが（居眠り半分のもありますす）だんだん描くのが難しくなってきました。それと、家庭の事情も悪化し、内容も当初のものとは少し変ってきました。

ふつう、日常というのは、曖昧に過ぎていくというか、変化に乏しいものですが、絵日記を書き始めてから不思議に次から次と、正助の入園・つげの発病、それに加えて一家中流感にかゝるという、我が家にとっては決して小さくない事件が重なり、変な云い方ですが、絵日記を描くうえでは好材料に恵まれたようです。

生活記録として始めた訳ですから、出来るだけありのまゝを描きました。もちろん、一日の出来ごと全部を描く訳ではありませんので、どの部分を描くかで、ニュアンスもずいぶん変わってくると思います。前半は楽しく、後半は暗く、我ながらちょっと異質な感じがしますが、現実もそうでした。

つげの発病前後の事は、描くことで追体験することになり、つらくて何度も中断しました。

つげの病名は「不安神経症」というのですが、簡単に云えば、とりこし苦労が病的になった状態です。この病が出ると、何度も心配が先に立ち、行動が抑えられてしまうため、仕事はおろか、日常生活までもギクシャクしてしまうことになります。ひどい時には、めまい、足の硬直という具合に、体にまで症状が現われます。

元々精神的に未熟な私ですので、そんな状況になったとき、あたふたとしてしまい、あげくに私まで精神的に不安定になり、つげを助けるどころか、二人して落ち込んでいたような状態でした。ですから家庭環境は余計に暗くなり、感じやすいたちの正助に影響があったのでは、と今になって思ったりします。

描き始めた時はまだ幼児だった正助も、今年からピッカピカの一年生になりました。

相変らずの恥しがりやで、フトンにおネショしたのだけは、他人に見せないで、と気にしています。

これからどうなっていくか、続編も、生活記録として、いずれ描きたいと思っています。

最后に、描く事を許してくれた、オトウサンに感謝します。なにしろ、他人には見られたくない恥しい部分も描かれてしまった訳ですから……あとは読み返してみると、カッコいゝところは全然なく、むしろ、カッコ悪さばかり出てしまったようです。

辛棒強く待って下さった高野さん、どうもありがとうございました。

一九八二年八月

藤原マキ

(『私の絵日記』北冬書房　一九八二年刊)

あとがきに代えて（改訂版）

この数年、かけ足のように早く過ぎ去り、いろいろな事がわが家にも起こったのだけれど、私とオトーサンとの子育て論争も相変わらず継続中で、例えば、オトーサンが服をもう一枚着せる、私がすぐ脱がす、オトーサンが掛けブトンを横にかける、私が縦に直す、といった具合で、お互いめったなことではゆずらない。——そんな事をしているうちに、いつの間にか正助はすっかり少年らしくなった。

　あのヤセッポで、私の顔が見えないと泣いていた正助も、今ではお腹がちょっぴり出るほど太くなり、骨格もしっかりしてきた。恥ずかしがり屋さんだったのも嘘みたい、すっかり〝ふざけ魔〟になって、毎日友だちとふざけては大騒ぎ。

　言う事もすごくなった。この間、学校から帰ってくるなり、「エル本が道に落ちてたんだよ、アブナイ、アブナイ」と言うので、私も一緒になってアブナーイ、アブナーイとあいづちを打ってやった。オッパイと言ってはアブナイ、アブナイ、とにかく最近は何でもアブナクて、私が画集で女の裸体を描いた絵を見ていたら、「カーチャン、アブナイよ」と注意してくれるのだ……。そうかと思えば、サンタさんをまだ信じているような幼いところもあって、私のところで寝たいと言ってはやってきたりする。まだまだ甘ちゃんメ、と半分嬉しくて、私はニヤニヤするのだ……。

　正助はイタズラ好きでもある。

　五月、六月になると、うちの周りに巨大な蛾がやって来ていつも驚かされる。去年は二〇センチ近くもある〝青蛾〟が現れ、卵を生みつけた。その名のとおり、ゾッとするほどの美しさだった。それからしばらくして、夕方の空を、まるで鳥のように悠々と飛んで通りの向こうの大木に移るのを見た。……あれはきっと蛾の女王に違いない、と私は思ったのだった。

その話を正助にしてやって何日か後のこと、私は外出から帰ってきてギョッとした。またあの〝青蛾〟がやって来てドアにとまっているのだ。……しかし、よくよく見ると、それはよく似てはいるがニセモノだとわかった。やっぱり正助のイタズラだったのだ。画用紙にわざわざ描いて切り抜いたものを、ドアにとまらせていたのである。

この時期はまた、オトーサンの神経症が出る時期でもある。三、四月とその前兆があり、だいたい五月になると、それはまるで自然界の法則に合わせるようにしてオトーサンの中から芽を出すのだ。しかし私は何もしてあげられない。というのも、オトーサンの神経症は全くやっかいで、自分を取り巻く諸々の事物がみんな自分を苦しめる要素になるので、そんな時は私までも〝鬼の女房〟みたいにオトーサンの目には見えるらしいのだ。……だから、そおーっと、そおーっと私はオトーサンを刺激しないようにして、ただ通り過ぎていくのを待つよりほか方法が無い……。

でも、夏の太陽が顔を出し、いよいよギラギラ照りつけるころになると、オトーサンの神経症もいつの間にか姿を消してくれる。あまりの暑さにとてもうつうつなどしていられないからなのだ。そうなると、わが家は正助も私もすっかり嬉しくなって、家族中で市民プール通いが始まる。

　オトーサンは体が大きくて、そして地黒なので、それにまた黒いゴーグルをかけたりするとまるでギャングの親玉みたいになる。とてもそんなか細い神経の持ち主だなどと思えない……。オトーサンは他のスポーツは苦手のようだけど、泳ぎだけはとてもうまい。特にクロールはうっとりするほど上手なのだ。私もバッタ（バタフライ）をやる。正助は泳ぎも出来るが、お魚みたいに遊びたわむれる。そうして思い切り泳いだ後、丁度帰り道にある日活撮影所の〝大江戸〟でラーメンを食べることもある。時々宍戸錠が食べていたりする。ここのラーメンは安くて旨いのだ……。

　ほんとうに、わが家にとって、オトーサンが明るくなってくれる夏は「幸せの季節」である。このカーッと燃えるように暑い夏が、だから私は一番好きなのだ……。

　私は最近、またまた〝卓球〟に狂いだした——。

一九八七年五月　藤原マキ

（『幸せって何？——マキの東京絵日記』文春文庫ビジュアル版　一九八七年刊）

マキの思い出エッセイ

お地ぞうさま

私の一家は大阪で戦災にあい、島根県の松江から一時間ほどの、木次線《きすき》にある小さな町に疎開した。町から三十分ほど歩いたところにある集落の、公会所をあてがってもらい、着のみ着のまま、何一つなかったので、村の人たちから、フトン、ナベカマ、茶ワン、ハシ、にいたるまで恵んでもらい、それこそ乞食一歩手前で疎開生活を始めた。ところがそれから間もなく父の戦死も知らされ、もう大阪へ帰る事もできずに、そのまま十三年もの間、公会所に居ついてしまったのだ。

そのころ、私たちはいつもお腹が空いていて、食べる事しか考えなかった。お米がなく、来る日も来る日も〝イモ〟を食べた。また、畑に捨ててあるキャベツの外葉を拾ってきて食べたり、いよいよ食べる物がなくなって、ある晩、一家中で〝イモ泥棒〟をした事もあった。その後母はあらゆる行商をし、私たち子どもも、新聞配りをしたり、小さな畑を貸してもらって、カボチャやトウモロコシなどを自分たちで作るようになった。うさぎも飼って食べた。

また、私たちの住んでいたのが公会所だったので、村の常会のほか、婦人会だとか青年団、子供会などの寄り合い、また宴会などもあって、そういう時の後片づけは私たち子どもの仕事だった。宴会の後の〝食べ残し〟を貰えるのが私たちの最大の楽しみだった。

何年に一度か、村中のあちこちに点在するお地ぞうさまを集めてきて供養する事もあった。お坊さんが一人ずつ、背中にオンブして連れて来た。何日間か、朝夕お坊さんがやって来てはお経をあげた。私たちも、お地ぞうさまにお茶を上げたり、お顔や体をきれいにふいてあげたりした。

もらい風呂

子どものころ、疎開先の山陰地方で、私の一家は村の〝公会所〟に住まわせてもらっていたので、お風呂がなかった。田舎の事とて銭湯もないので〝もらい湯〟をしていた。

初めのうちは、ものめずらしさも手伝って、簡単にもらえたのだけれど、住みつくようになってからは、ほんとうに苦労した。一週間に一度は良い方で、声がかからない日が続くと、ひと月も入れない事もあった。そうかと思えば一日に二、三カ所から声がかかる時もあって、ホントにもらい湯もなかなかうまくはいかないのだった。

そんな風で、いつも夕方になると私たち子どもたちは外に出て、どこかから声がかかってくるのを待っていた。だけど、私たちは垢だらけの汚い子どもだった。汚いと呼んでもらえない。呼んでもらえないと垢がつく、と、マァ、にわとりと卵みたいな話だった。また、私たちが呼んでもらえるのはどこでも仕舞い湯で、時にはシチューみたいなお風呂の事もあったが、それでもぜいたくは言えなかった。イヤ、それどころか、お風呂に入れるという事だけで、私たちにとっては最高のぜいたくだったから……。

しかし、そんな苦労ばかりだったわけではない。もらい湯をしたおかげで、私たちはいろいろなお風呂に入る事ができた。

五右衛門風呂、桶のお風呂、ドラム缶……。また、五右衛門風呂でも、セメントや漆喰《しっくい》で固めたもの。中にはただ泥をくっつけただけの素朴なのもあった。外にお風呂のある家もあったが、たいがいは、農家の土間に造られていた。

そのだだっ広い土間には、農機具や、イモや野菜が無造作にころがっていたりした。囲いもないお風呂に入ったりしていると、農家の人たちの、俵《たわら》やむしろやワラゾーリを編む姿や、石臼で粉をひいたりの夜なべ仕事を見る事もできた。

もらい風呂をしたおかげで、いろいろなお風呂や農家の様子も観察でき、いま思えばずい分おもしろい体験ができたものだ……。

「でんぼ」の神様

いつか、私の実家が大阪にあるのでそちらへ行った折、「上本町」から近鉄に乗って、奈良の生駒山麓《いこまさんろく》にある〝石切神社〟という所へ行った事がある。私はその時お腹《なか》が大きくて、まあ安産の願かけのつもりもあったのだ。

その石切神社は、昔から善男善女がお参りし賑ったという有名な所らしい。地元では〝石切さん〟と呼ばれていて、私は名前は時々聞いてはいたが、行くのは初めてだった。

山の中腹にある小さな駅を出て少し歩くと、木でできた鳥居があって、そこからかなり急勾配の下り坂になる。その後なだらかな坂がずっと続く。それが参道だった。

狭い道の両側には、ちょっと傾きかけた小さな家々やお店が肩を寄せ合うようにして階段状につらなっている。古い造りのせんべいやさん、あめやさん、乾物や、染物や、めしや、そばやと続き、「手相」と染め抜いた藍ぞめののれんがかかった間口一間もない〝易〟の店、漢方薬や、昔ながらのあの〝肖像画〟を描く店もあって、ここに、弥次さん喜多さんでも歩かせたら、それこそ時代劇のよくできたセットの中を歩いているような、そんな楽しい参道である。それが一キロ近くも続くのだから、私はすっかり嬉しくなってしまったのだった。

この辺りから、〝手相〟ののれんと漢方薬の店がやたらと多くなってきて、中には素朴な絵が描かれた半分くずれかかった漢方の店もあり、――きみじか、かべつちを食べる人間にきく薬などあるのだろうか？　などと考えているうちに、私は参道のどん詰りまで来ていたのだった。

ところが、そこに、またスゴイ漢方薬店があったのである。数ある漢方薬やの中でもこれぞ極めつきといった感じなのだ。極彩色に彩られた立派な店構え、中へ入ると、ひと抱えもある太い柱が何本も立ち、その間には、木でできた実寸大のリアルな人形や、患部のこれまたリアルな模型とか、ありとあらゆる漢方薬の数々、そして、カベに描かれた病人のすごい迫力ある絵とか、いぼ痔のリアルな絵等々、これでもか、これでもかと描写された絵を見ているうちに、うす暗い店内から病人たちの呻《うめ》き声が聞こえてきそうな気配を感じ、ゾクッと身ぶるいした。私は魑魅魍魎の世界に迷い込んでしまったのだろうか？　あたりに立ちこめる妖気のようなものはただごとではない。……やがて私はまるで金しばりにあったみたいに身動きできなくなっていたのだった――。しかし、考えてみると、だいたいこの町全体が一種独特の霊気というか、エクトプラズムみたいなものを発散させていたのではないか……？

そういえば、あの易者の店から漏れてきたヒソヒソ声、泥と木でできた人体模型、そのお腹から飛び出した内臓の数々、「御先祖様の肖像描きます」と書かれた看板、額縁に収まった紋付き姿の御先祖様たち……。ここはまるで前世の世界にやって来たような、そんな不思議な体験ができる町だったのだ。

〝石切さん〟にお参りした時はもう日が暮れかかっていた。その夕暮れ近い境内では、白装束に身を包んだ女の人がひとり、足袋裸足《たびはだし》で一心不乱に念仏を唱えながらお百度参りを繰り返していた。その情景がまた、この世のものと思えない幽冥《ゆうめい》の世界のように私の目には映ったのだった。

ハッとわれに返った私は、もときた参道を今度は駅へと向かって急いだ。追いかけるようにして夕闇が迫ってきた――。

ところが、あとで聞いたところによると、この〝石切さん〟はなんと、「でんぼ」

（おでき、腫《は》れもの）の神様だったのである。

でんぼはでんぼでも、私のお腹にできたのは赤ん坊である。その御利益《ごりやく》があったのかどうか、それから東京に帰って、そう間もなく、私の赤ん坊はひと月も早くお腹から飛び出してしまったのである。

そのあわて者の赤ん坊こそが、正助だった——。

私の人形

人形はこわれているのが好き——なんて云うとずい分乱暴な云い方だけど、手がたとえ片方無くても、足が一本ちぎれていようとかまわない。着ているドレスがボロボロならば、ホッぺが手垢で汚れているとしたら、私はたまらなくその人形が愛しくなってしまうのだ。どうしてかよく分らないのだけれど、そういう人形たちには何か人の心を引きつけるものがある。それはきっと、その人形の持つネガティブな部分が、自分の中にもある同質のものと重って、無意識の内にドラマを仕立て上げてるのではないかしら……。だから、人形と云えども、ただ可愛いらしくきれいに着飾った如何にも愛玩用といったものには、何か心が入り込む隙が無いみたいで好きになれない。こういう私の思いこみ方はちょっと片寄り過ぎてるとは思うけれど――。

そんな訳で、私の持っている人形はほとんどまともなのは無い。中には道端に捨てられていたのを拾ってきたものも、ある。

また、私はリアルな人形も好きだ。ハッとするほどリアルな人形に出逢った時はドキドキしてしまう。

例えば顔の作りにしても、ちょっといびつだったり、すねている様な表情とか、むしろ不キゲンそうな方が、可愛いさを強調したものよりも表情が生きてくる様に思う。

そしてその方が逆に人形の持つ〝あどけなさ〟も出るように思う。フランスやドイツで創られたアンチックドール達の表情はリアルだ。如何にも可愛いらしいというのが無い。むしろ怒ったような顔の方が多い。中には泣いている様なのもいる。日本の市松人形も同じで、創られた時代が古いものほど顔のつくりがリアルだ。

うちにその市松さんが三人居る。

うちに来たのは五年ほど前のことだ。その頃私はまだ小さかった子供の手を引いて毎日のように散歩していた。そんなある日、何げなく覗いた近所のコットウ屋、と云うよりもガラクタ屋にちかい店でこの市松さん達を見付けたのだ。私は一目で欲しくなってしまった。でもうちは貧乏だったので(今も変らないが)とても買えそうもない。しかしあきらめ切れずに何度か足を運んでは、まだ売れ残っているのを確めホッとし、誰かが買って行かないよう祈った。その内私の気持が通じたのかどうか、そのガラクタ屋が根負けした格好で、最初云った値の半分ほどで売ってくれる事になった。そのそれでもまだ私の僅かな「こづかい」では足りず、やっと夫が助けてくれて手に入れる事が出来たのだった——。数日たって市松さん達が我が家にやって来た日はそれはもうお祭の様だった。

三人共身長60センチほどの大きさで、内一人はちょっとめずらしく男の子なのだが、この市松さん達も実にリアルなのだ。もちろん髪の毛は人毛で、顔のつくりも中の一人はかなり古いものらしく、可憐さが無くなり大人の、それも皇族系の顔立ちなので、ちょっとこわい感じでさえある。中でも市松さんのリアルな所は手足、特に足である。普通なら着物を着せれば足袋を履かせるのだろうけど、うちのは履かせていない。素足のままである。五本の指にちゃんとツメまであって、その足の指が光の具合で少し開いて見えるからハッとするほど生々しい。いつか夜中にフッとその白い足が動いたように見え、思わずドキッとしたことがあった。そんな事があってからは、市松さん達はまるで生きているのではないかと錯覚するぐらいにまでなった。だからうちの市松さん達はもう只のお人形ではない。だん〴〵凄みさえ出て来て、今では部屋の片隅のうす暗い所で三人、確かに棲んでいるのである。

消えていく、おもしろいお店

偽物作りの名人

食品サンプルは、いかに本物らしく見えるかと作られた偽物なのだけれど、私たちの方からすれば、注文した本物の料理が、いかにサンプルに近いかと測るのではないだろうか? そこで、だいたいサンプルからほど遠い実物に、がっかりさせられるのだけれど……。

さて、私は食いしん坊なので、街《まち》を歩いていても、食堂や喫茶店があると、つい足が止って、ウィンドーのサンプルを見るクセがある。そして、見事に作られた偽物に、まるで子どもみたいに見とれてしまい、あげくに仕事を思い出して、あわてて駆け出すのである。

サンプルも、ろう製からビニール製にと変ってきたが、聞くところによると、この食品サンプルというケッサクを最初に考え出した人は、なんと、義手や義足を作る人だったというから、おもしろい。とにかく偽物作りの名人だったらしく、ある人が指を落としてしまい、この名人に偽の指を作ってもらい、それをつけてかかっていた外科へ行ったところ、外科の先生が、指が生えたのか？　と、びっくりして腰を抜かしたというからすごい。そんな偽物作りにかけては達人のことだ。本物そっくりの食品で人をだますのなど、わけない。

ウィンドーから消えたサンプル

食品サンプルを初めて食堂のウィンドーに飾った翌朝、ウィンドーは割られ、中のサンプルはきれいに無くなっていた。時代は、戦後の、まだ日本中が飢えていたころのことである。夜、空腹に耐えかねた人が、我慢しきれず、ウィンドーを割って中の物を食べようとしたらしい。いや、もしかして、本当に食べてしまったかもしれないのだ……。それほどまで当時は皆、おなかをすかせていた時代だったのである。

このちょっとした事件は、それからもしばらくのあいだ、あちこちで起こったらしい。このことはしかし、言いかえれば、真に迫った偽物のケッサクだったということかもしれない。今、こんな傑作にお目にかかることはもう無いだろうけれど、新種のアイディア、たとえば、ラーメンを引っかけたはしが宙に浮いていたり、コーヒーにいれる生クリームが、今まさに上から垂れ下がっていたりするのは楽しい。

おでんの湯気は？

この絵本（『こんなおみせしってる？』福音館書店）を作るために、私は、食品サンプルを売る店を探して、築地の魚河岸と、カッパ橋にある台所用品専門店へ行ってみた。と、カッパ橋の、ある店の店頭に、おでんがおいしそうに煮えていた。ちょうどおなかもすいていたので近寄ってみると、なんのことはない、よく出来たサンプルである。それもそのはず、台所用品を売る店に、食べ物があるはずがないではないか。サンプルを取材に行った私が、当のサンプルに見事だまされたのだった。しかし、それは実によく出来ていて、ちくわや、こんにゃくがおなべの中で煮えているのである。

何度目をこすってみても、とても偽物とは思えない。しかも、湯気までちゃんと、ゆらゆら立ちのぼっているではないか。あまりのふしぎさに、もちろんカメラに収めて帰って来たのだが、現像した写真に、その湯気は写っていなかった。私はまるでキツネにつままれたような気持になってしまった。

人体模型屋はどこだ?

おもしろいお店を探して、いろいろな町や露地をほっつき歩き、取材だけで2年近くかかってしまったが、ホントに私の描きたいお店に出会った時のうれしさは格別である。

あの子どものころ、木造校舎の薄暗い廊下を行くと、そこだけひんやり湿った空気の漂う理科室があって、そこに人体模型や、アルコール漬けの標本たちが、ひっそりと立っていた。私はこわいもの見たさに、よく放課後など友だちと手をつないで、それを見に行ったものだ。

そんな思い出から、人体模型を売っている店ってあるのかな? もしあったら、絵にかきたいと思った。そこで私は探しに出かけたのである。ちょうど夏の盛りの暑いときだった。御茶の水駅でおりて、地図を片手に、職業別の電話帳でいちおう当りをつけておいた方面へと歩き出した。しかし、それらしき店がありそうな所へ行ってみても、いっこうに見つからない。そうでなくても、かなり重症の方向オンチの私はだんだん心細くなってきた。

それでも、いりくんだ裏通りを何度も行ったり来たりするうち、やっと、「ノーベル社」という、お店というよりも問屋さんのようなのを見つけたときは、うれしかった。

居る！　確かに居る！　青い大静脈を迷路のように体にはわせた、また毒々しく色づけした内臓をむき出した人体模型たちが、店の奥に立っているではないか！　私は恋人にでもあったようにドキドキしてしまった。そして中に入り、恋をうちあけるような気持で、恐る恐る写真撮影を頼んでみたところ、心よく承知してもらえたときはホッとした。なぜなら、カメラを向けて、どなられたこともしばしばあったからである。あるときなど産業スパイとまちがわれたこともあった。

そんなわけで、ノーベル社の人たちがとても優しかったので、私は感激してしまったのだった。その上、運のいいことには、ちょうどガイコツが修理に来ていて、それも見せてほしいと厚かましく頼むと、わざわざ包みを解いて、ソファーに座らせてくれた。私はシャッターをきりながら、うれしさのあまり、思わずガイコツ君に「アリガトウ」と大きな声で言い、おじぎまでしてしまったのだ。

私の家も駄菓子屋だった

子どものころ、私の家はたった一坪足らずの駄菓子屋をやっていた。疎開先のいなかで、食べていくために母が始めたものだった。私たち子どもも、仕入れから行商、出店まで手伝った。品物も、駄菓子のほか、豆腐、つくだ煮、かめのこだわし、麦わら帽子と、なんでも置いた。よくもあの小さな店に置けたものと、今考えるとふしぎなくらいだ。ままごとのような店だったが、私が今もお店屋を好きなのも、ひょっとして、このことと関係があるのかもしれない。いや、それとも、私のガキっぽい性分のせいなのかもしれない。

それにしても、このわずか何年かのあいだに、そぼくな昔ながらのお店屋さんとか、ドキドキするような、おもしろいお店が次々消えて無くなった。わずか残っているそういったお店も、まもなく姿を消してしまいそうな気がする。そう思うと、ホントに寂しいような、そんな気持に私はなってしまうのだ……。

マキの懐しい風景

秘密のアルバイト

　やはり山陰の片田舎にいた子どものころ、私たち兄妹は新聞配りのほかに、いろいろなアルバイトをやったのだが、このアメやのアルバイトもその一つで、ある時、知り合いのお姉ちゃんにこっそり連れて行ってもらったのだった。こっそりというのは、どうもこれは米アメの密造ではなかったかと思う。米は闇でしか手に入らなかった時代のことだ。

　うす暗い、そのまたもうひとつ暗い台所で米アメを煮ていて、それをおじさんが伸ばす。おばあさんが切ったのを私たち子どもが紙に包んでいく。皆無言で作業は続けられ、なぜかそれは、秘密っぽい儀式のようなフンイキがした。おじさんのアメをほうり投げる時の「キョエー」とか「ホーイ」とかのかけ声も何だか呪文のように聞こえた。あとでそのアメを仕入れて私たちは売りに行ったのだった。

おはよう
おはよう
MAKI

ダルマストーブ

だーれも居なくなった教室。今日は、わたしは当番なので、教室に残って〝学級日誌〟をつけました。

きょういのうえやすおがわたしのすかあとをめくりました。きょうおかもとみえこがはやみしげるをつねりました。

でも、なかなか上手に書けなくて、教室の窓から外を見ていると、ぼたん雪がヒラヒラ、ヒラヒラ舞い降りてきては窓にとまるのです。次から次から降りてくる雪を見上げていたら、ねずみ色した空にわたしは落ちていきそうになりました。

いつかわたしは眠っていました。木造校舎の、ちょっとうす暗い教室には、ダルマストーブが赤々と燃えていました……。

見知らぬ町で見ーつけた

素朴な、あまりにも素朴な〝おまんじゅうやさん〟を見つけました。見知らぬ小さな町で、歩いている時見つけました。路地を曲がった所にひょいとあったのです。夕暮れの中にそのお店だけポッと浮かんで見えました。中からやわらかな電球の灯りが道にまでこぼれていて、その灯りに吸い寄せられるようにして、私はお店の前に立ったのでした。

私の家も、私がまだ子どもだったころ、小さな小さな駄菓子やをやっていました。たった、畳にして二畳分しかなかったお店です。

私たち子どもも手伝っていたので、まるでママゴトのような感じでした。うちでやっていたお店はあまりにも小さくて、そして、このお店はあまりにも大きいのですが、そのだだっ広い板の間の真ん中に、数えるほどの、僅《わず》かばかりのおまんじゅうと駄菓子がつつましく寄せてあり、それと、赤ちゃんを負《おぶ》ったネンネコ姿のおじさん、そのコントラストが何ともかわいらしくて、私は何故《なぜ》かとてつもなく懐かしいような、そんな気持ちに包まれてしまいました。私は思わず、「ただいまァ」と言って帰りたくなったほどです――。

ガム

まんじゅう
不二家

そうだったらイイのにな

子どものころ居た田舎町に、ただ一軒あった本屋さん。いつ覗いてみても、お店の人は居るのか居ないのか、だーれも居ない眠ったような本屋さん。無造作に置かれた本たち……それは、いつでも万引きしようと思えばできたのです。私は何度〝少女〟や〝少女ブック〟を万引きしたいと思ったか知れません。

それほど本が欲しくて欲しくて仕様がなかったのです。でも、その頃うちは貧乏で本など買える余裕はなかったので、時たま友だちに貸してもらっては、それこそ舐めるように読んだものでした。古賀さと子や近藤圭子、松島トモ子がキラキラ光って見えました……。

本屋さんの前を通るたび、私はよく思ったものです。「ここの子どもになれたらいいナー」と。すると、好きな時に好きな本を、好きなだけ読めるから、そしたらいいナーと……。

シルバー
セブンボール
一年生
二年生
婦人ク
キャラメル
キャラメル
こくご

この家は母親がいなくて父親が気が狂っていた。
私の家は父がいなくて母は行商に行っていたので、
子供同士でうどんを作ったりイモをむしたりして生活した。

私の母はいろ〳〵な物を行商していたが、夏には麦ワラ帽子を売っていた。
代金は豆や米だった。
私もよくついて行った。

村に点在しているお地蔵さんを、三年に一度、
私たちの住んでいた公会所に運んで来て、
お坊さんが供養した。

近所に虚無僧さんが間借りをしていて、よく散髪をしてもらった。
こゝの男の子はいつも棒を持って追いかけてきてこわかった。
虚無僧さんが「かさ」をかぶって出勤する時には一寸こわい感じだった。

私のいた田舎では、子牛を「ベーベンタ」と呼び
庭いっぱいに針金を張り遊ばせていた。
人間の子供より子牛が生まれると喜んだ。

そばと駄菓子をやっている町では一番大きな店へ、
年に何回か祭りの日など一家中で
アルバイトに行った。

かる
チュー

MAKI

MAKI

MAKI

国語

MaKI

家族写真集

10か月の頃の正助と藤原マキ／1976年２月

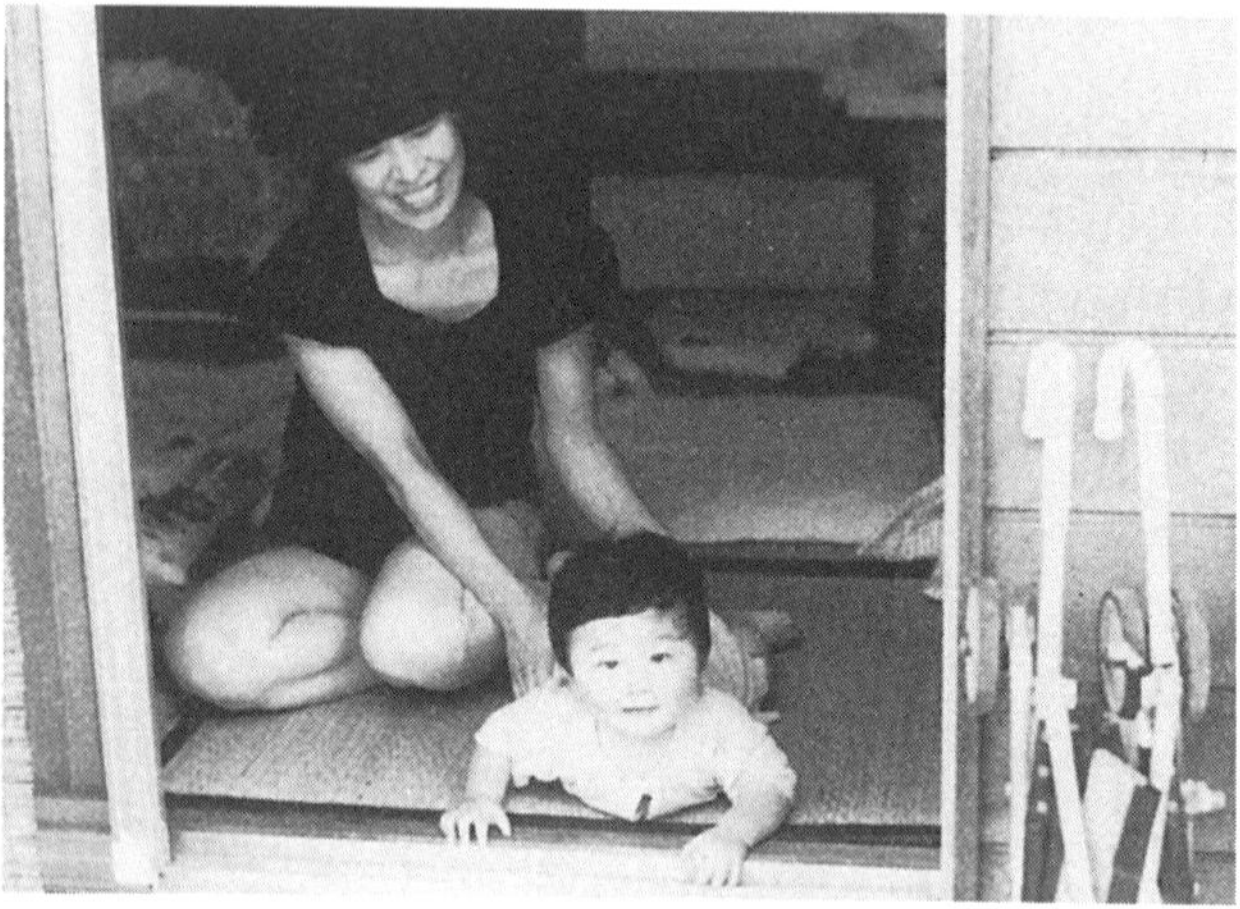

一粒種の息子・正助と／1976年 7 月

調布に住んだ頃、散歩の途中／1976年９月

自転車を除く
一方通行路

夫・つげ義春も加わっての家族写真／1976年 9 月

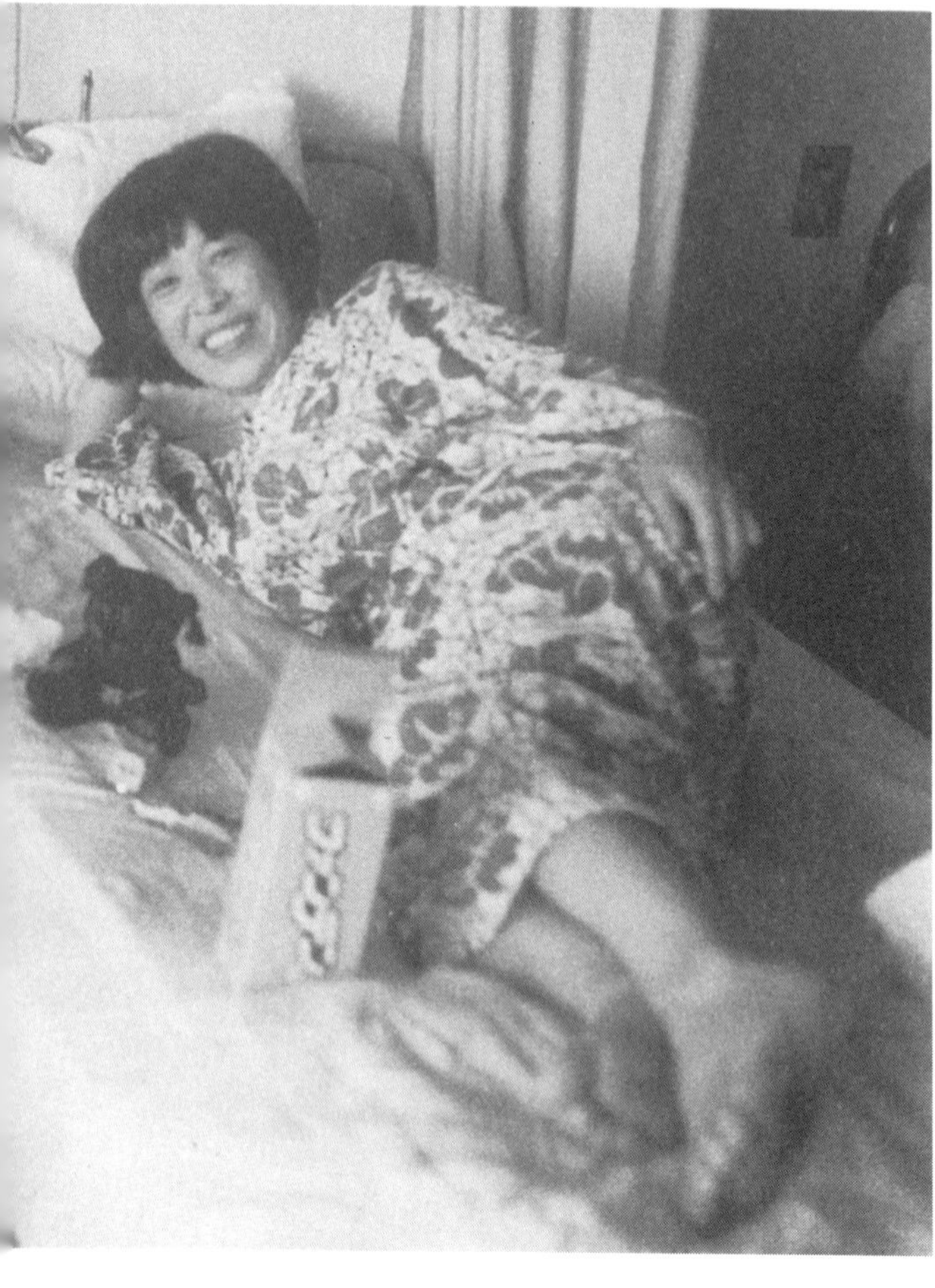

最初の手術後、入院した癌研で／1977年８月

一時期、千葉県柏市にある弟の家で過ごした／1978年正月

千葉県富浦への旅で宿泊した民宿「曳舟」の前で／1982年10月

調布の多摩川団地の家にて／1982年１月

千葉の太海への家族旅行／1983年 8 月

鎌倉へ。長谷寺門前の宿・対僊閣で／1986年 6 月

夫・つげ義春をスケッチ

妻、藤原マキのこと

つげ義春

僕と出会う前、彼女（藤原マキ）は唐十郎さんが主宰するアングラ劇団「状況劇場」の舞台女優をしていて、「腰巻お仙」の初代お仙役を演じていました。

唐さんが僕のマンガのファンだったことから、いつとはなしに彼女も僕のマンガを見るようになったそうですが、僕は舞台を見に行ったこともなく、彼女の存在すら知らなかった。その彼女を、状況劇場に出入りし、僕とも知り合いだったカメラマンが連れて来たのです。それが彼女に会った最初ですね。昭和四十四（一九六九）年のことでした。

当時彼女は生活に窮していて、借金もあって、逃げるように僕のところにころげこんできたんです。演劇のほうは収入ゼロでしたから、キャバレーで日銭かせぎをしていたのですが、公演中や地方巡業に出ると店を長期に休むことになるし、他の定職も持てないから行き詰まっていた。それと、劇団で主役をおろされた不満もあって、公演直前に無断退団したため、劇団の近所に住んでいるのも具合が悪くなっていたようなんです。鍋釜どころか蒲団一枚なく、本当に着のみ着のままでやってきて同居するようになりました。

そういうことで始まった同棲なのですが、僕との出会いは彼女にとってはマイナスになったのではないかと思えるのです。というのは、彼女の演劇への思いはとても強く熱中していたのに、僕があまり理解を示さなかったからなのです。そのことの不満は後年に至ってもずっとくすぶり続けていましたから、僕との出会いはバラ色ではなかったと言えそうなんです。

彼女は生活のほうは僕にまかせ、自分は演劇に専念するつもりで、僕を協力者として期待していたんです。僕を芸術家と勘違いして、ともに芸術運動をしてくれると思っていたようで。ところが僕は芸術より常に生活優先ですから、アテがはずれたわけですね。

それで当初は二、三の劇団に出演し、地方巡業にも出かけたりしていたのですが、アングラ劇団はどこも出演料なしで、むしろなにかと持ち出しが多かったんです。チケットも五十枚ほど割り当てられ、売りさばけないと自腹を切るといった具合ですから、家計を圧迫するわけです。当時僕も無名で生活に追われ、水木しげるさんの手伝いをしてやっと食いつないでいた状態でしたからやむをえなかったのですが……。

五年ほどして子供（正助）が生まれ、正式に結婚をしました。彼女も演劇はひとまずおあずけにして、育児に頑張っておりました。誰の助けも借りずにすべて二人だけでやり、心細いながらも、それなりに充実していたのですが、子供が一歳半のとき、彼女が癌を発病し、子宮を摘出する手術をしたのです。それはどうにか乗り越えたものの、そのショックで僕のほうが癌ノイローゼになってしまったのです。

胃を悪くして、胃癌を怖れ、毎日クヨクヨ心配するようになり、暗く沈む日が二年以上も続き、子供が幼稚園に入園した頃は、精神状態は最悪になり、精神科に通院するようになったのです。これは彼女にとっては思いもよらぬ事態で、自分の癌のときよりも深刻になったようでした。それに子供の手のかかる時期でしたから大変だったでしょう。「お父さんしっかりして！」と、叱咤激励の毎日でしたね。

僕の病名は不安神経症というもので、べつに頭が狂ったわけではないんです。胃の検査を何度もして異常はなかったのに、怯えと不安だけが残ってしまい、何もかもが不安に思え、自分が生きている根拠のないことまでが、理屈でなく、実感として不安でならないという状態だったのです。しかも不安という実体のない心理状態が体にまで現れ、その違和感、不安感があまりに苦痛なので、ゴロゴロ横になっているしかなかったのです。はた目には怠けているように誤解されるから辛いものなんですがね。

そうした情けない姿を見て、彼女の僕への態度もだんだん厳しくなり、不甲斐ない頼りにならない夫というように、見かたも変わったようでした。ときには苛立ちもみせ、衝突もしたりで、家の中は暗くなるばかりだったのです。子育てと家事と僕の面倒に明け暮れ、そうしたやりきれない日常が続くと、かえって楽しかった演劇への思いも強くなるのでしょう。しきりに歎いてウツウツとしていたのです。


そんな様子を見ていて、高校生のときに美術部に所属していたことは聞いていましたから「絵を描いてみたら」と勧めてみたのです。もともと芸術への憧れが強かったこともあって、その気になったわけですが、描かせてみた絵は、素朴なタッチで稚拙なものでした。けれど、それなりの味があるので、僕は「これはいける」と直感したのです。大いにほめると、彼女も演劇に代わるものを発見したことを喜び、絵のほうで自分を生かせるのではないかと、希望を抱いたのです。

でも、いわゆるタブローにはあまり関心はなかったようでした。そこで思いついたのが、プロではない人の、戦中の絵日記が何かの雑誌に紹介されていたのを見て、その同じスタイルで彼女も絵日記を書くことに決めたらしいのです。

家事がすんだ後、毎夜おそくまで、息子が「かーちゃんの部屋」と呼んでいた台所でせっせと書いていましたね。毎日絵を一枚描くのはけっこう大変なことなのに、張合いが出たようで頑張っていました。

この絵日記の制作過程の最初の頃だけ僕も面白がって見ていましたが、その後は完成するまで一切ノータッチでした。本にまとまってから改めて感じたのは、荒削りのいかにも素人の作品といった印象でした。でも、絵は神経質なところはなく、子供っぽいのびやかな面があって、将来絵本画家になれるのではないかと、彼女より僕のほうが期待を大きくしていました。

ただし、文章の内容に関しては、僕と彼女の見かたにとても開きがあることに気づきました。日記は誰が書いても、その書き手の視点で書かれるものだし、仮に夫婦が同時に日記を書いても、合わせてみたらニュアンスが違うということはあるでしょうから仕方ないのですが……。

たとえば絵日記は一月四日の夫婦ゲンカの話から始まっていますよね。そしてケンカの原因は伏せたまま、僕に分がないような内容になっているでしょう。けれど、そのケンカの原因は『つげ義春日記』に書いてありますが、僕が畳に寝そべってテレビを見ていたことへの不満なんですね。彼女は「子供がだらしなくなるから、きちんとして！　見苦しい！」と語気を強めて言ったのです。このときは、僕はまだ発病していなくて、のんびりするのを好んでいたんです。ところが彼女の性質は活動的でしたから、そういう違いに苛立ってよくからんでくるんです。だいたいつまらぬことでケンカを吹っかけてくるのはいつも彼女のほうなんです。

ほかにもケンカの話がありますけど、その事情を説明せず、自分だけが苦労しているように部分を切り取っているので、僕にも言い分はあるのですが、この絵日記に関しては僕はひと言も苦情は言いませんでした。それよりも、この素朴な絵を活かせる方向に進んでほしいと励ましていたほどでした。

幸いその後、絵本の依頼がいくつもくるようになり、『こんなおみせしってる？』を出し、絵も格段に良くなったのに、しばらくするとやる気をなくしてしまったんです。子供相手では物足りない、大人の世界で認められたいと言い出したのです。アングラの世界にいたせいで、彼女は芸術家意識がとても強かったので、絵本では自己表現ができないと誤解して不満になったらしいのです。

でもその芸術観はたとえば、芸術家の使命は惰眠をむさぼっている大衆にショックを与え目ざめさせることにある、それがアングラなんだという、ちょっと首をかしげたくなるものなんですね。そういう過激さのわりに絵のほうは素朴なので、本気には聞けないのですけれど、そういうことで、僕が寝そべっているのはだらけているようで喝を入れたくなるわけです。

彼女の男性観はわりと古風でした。彼女が求めるのは強靭な精神を持ち、強く逞しく野性的で、それでいてどんなわがままも大目に見てくれる懐の深い男でした。僕が神経症になって弱くなると、かえってからんでくるようになったのは、強さを求めていたのでしょう。理屈で応戦するより、めったにないことですけれど、腕力を振るうと、翌日は案外さっぱりしているんです。

後のことですが、彼女は僕がマンガ家でいるよりは「外で力仕事でバリバリ働いてほしい」なんてことも言っていました。家でものを書いているような男は軟弱に見えるのでしょう。

そういう面は彼女の生い立ちにも関係しているのかなと思えるのです。父親は戦死をして、彼女は父親の記憶がまったくないのです。それで自分なりの父親像を強い男性としてイメージしていた節もあるのです。もしかしてファザーコンプレックスというのでしょうか。

それからこの絵日記では、ささやかな生活を大切にしているという雰囲気になっていますよね。でも、実際はそうでもなく、「平凡なぬるま湯のような生活は嫌だ、太く短く生きたい」というのが彼女の口癖でしたね。むしろ家庭に波風を立て、ぬるま湯を沸騰させたかったようでした。それは劇団にいたとき、しょっちゅう酒盛りなどの派手な雰囲気に馴染んでいたからなのでしょう。とにかく、僕のように平凡で静かな暮らしを好むタイプは面白味に欠けるのは確かで、家庭的な夫というのは、彼女にとっては女々しい男ということなのかもしれません。

それで彼女が享楽的かというと、必ずしもそうではなく、根は純情で恥ずかしがり屋なのです。それなのに僕に対して突っ張った気性を見せていたのはどういうことなのか。案外弱さの裏返しだったのではないかと、そんな感じがするのです。僕に活力や強い男性を希うのは、結局自分の支えを求めていたのではないかと思えるのです。

子育てと教育についていえば、僕は放任主義で甘かったです。彼女も猫可愛がりするのですが、子供への期待も大きかったようで、僕の生活態度の怠惰ぶりが子供に感染するのではないかという心配から、成長するにつれて厳しくなり、スパルタ式になっていきました。この絵日記は子供がまだ幼いときだったので、甘い母親像に描かれていますけれど、やはり強く逞しく育ってほしかったようでした。僕の代わりを子供に求め、厳しく鍛えようとの思いだったかもしれません。

けれどずっと後年になって、子供が自立期になると、スパルタ式が禍して母子関係が悪化するようになってしまったのです。それは彼女にとっては、また思いもかけぬ辛さになり、ストレスになっていたようでした。


経済観念で言うと、彼女はあまりないほうでした。だから貧乏していても、苦にならなかったようです。絵日記では「大根の葉っぱを失敬した」（一月十日）。色あせて縞模様になっている百円の洋服を買った話（二月十六日）など、当時の経済状態ではそういうものしか買えなかったのですが、とくに不満はなかったようです。子供の頃から貧乏には慣れていたからでしょう。

彼女の一家は、大阪で戦災に遭い、島根県の松江から一時間ほどの木次線にある小さな町に、母親が幼い子供四人を抱えて疎開をしていたんです。家財道具などもまったくない状態で、町はずれの公会所をあてがわれて住むようになり、かなりの苦労を味わったらしいのです。そういうことで、贅沢したいとか、いい洋服を着たいといった欲求はあまりなかったようです。その点では、似たような境遇を過ごしてきた僕とは共通した価値観を持っていましたね。

お金をかける部分は家庭によって違うわけですけれど、僕もまったく贅沢しないかわり、旅行にはたびたび出かけていました。ただし、僕の好みは、昔の面影を残す鄙びて侘しさの漂う温泉宿とか、商人宿、民宿などで、贅沢な観光旅館に泊まるわけではないですから、徹底した貧乏旅行なんです。そういう出費なら惜しいとは思わなかったですね。

彼女は旅行のプランは僕におまかせで、楽しそうにどこへでもついてきました。女性にありがちな、大袈裟な旅支度をするということもなく、いつも下着一、二枚を用意するていどの着たきりで、一週間ぐらいは平気でしたね。同伴者としては面倒がなく気楽なものでした。どこへ行きたいという好みもとくになく、旅の気分そのものが好きだったようです。

ふしぎなのは、旅に出ると急に従順になるのです。どんな汚い宿でも、辺鄙なところでも不平ひとつ言わず、僕に責任のある行動でヘマをしたりしても一切文句を言わないんです。僕が旅慣れているから、その点では信頼していたのでしょう。また、旅に出ることによって日常から解放されるのは大きな楽しみですから、自分を主張することもなく実に素直でした。ですから旅に関しての思い出だけは、すべてが楽しいものとして残っています。

この本には僕の中古カメラ趣味が紹介されていますが、一時期僕が変な考えを起こし、中古カメラ屋に転業しようと、二百五十台ほどのカメラを集めていたのです。故障品だと一台が千円くらいと安く、自分で修理することを覚え、完動品にすると十倍以上で売ることができたんです。もちろん家計に迷惑をかけぬよう自分の小遣いの範囲内でやっていたのですが、彼女もガラクタ集めが好きだったから、一緒に近所の古道具へ通うのが二人の楽しみで、こういう出費も旅行と同じように惜しいとは思わなかったですね。

結婚と同時に取沙汰されるのは、嫁と姑の関係。四月三日の日記に、子供の入園祝いに僕の母が来たときの様子が書かれていますが、僕の母親と彼女は、わりとウマが合っていました。教養が高くて上品な母だったら敬遠したか毛嫌いしたでしょうが、うちの母はとても庶民的で、千葉県の外房に位置する大原の漁師の娘ですから、言葉も乱暴。怒るときは「てめえら！」って始まるんですからね。

でも言葉は悪くても裏がないというか、息子であろうと嫁だろうと別け隔てはしないんです。実の娘のように接しますから、そういうところは彼女も庶民的な生活をしてきたので波長が合っていたようでした。僕の兄弟も庶民的ですから、彼女はとても親しんでいました。

そうすると怪しく思えてくるのは、自分も庶民的でありながら、ささやかに平凡な暮らしをしている人々に意識改革を迫るという芸術観で、これは矛盾するわけです。理論と日々の生活実感が一致していないのですね。

彼女が二度目の癌を発病したのは平成九年四月でした。進行性のスキルス性胃癌という最悪のもので、助かる可能性はゼロでした。最初のは子宮癌で初期段階だったので一応完治し、とくに問題はなかったので再発したわけではなく、新たに胃に発生したものでした。

でも僕には、いつかまた癌になるのではないかという予感があって安心できずにおりました。というのは、彼女の日常があまりに不摂生だったからです。タバコは一日五十本、コーヒーは七、八杯、睡眠時間は眠っている時間がもったいないといって平均五時間。それに活動的ですから運動が好きで、バレーダンス、水泳、卓球などに熱中して、適度の運動どころではなく、体を酷使してぐったりしてしまうという毎日だったのです。だらけた生活を嫌うといった面から、運動に活気を求めたのでしょうが、ハードすぎるのも害になるのではないかと、僕は怖れていたのです。

それに彼女は僕と結婚する以前から慢性的に胃が悪かったのです。ちょっとストレスを感じるようなことがあると、すぐ吐いてしまうほど弱かったのです。もちろん僕も常々、健康には気をつけるよう彼女に注意してはいましたけれど、僕のように運動不足な者こそ病気になると反撃されてしまうわけです。

それにしても「太く短く」が信条とはいえ、体を酷使するだけでなく、なにかと日常に変化を求め、悶着を起こし、それが思わぬ悩みになると大変な思いをしてストレスを溜めこむといった具合ですから、体にいいわけがありません。

この本には、こうした彼女の側面は書かれていませんけれど、とにかく静かにじっとしておれない性分が災いしたのではないかと悔やまれるのです。

もちろん僕の対応の仕方もまずかったと思っています。彼女が最初の癌になってから、僕は極端に臆病になり、なにかと逃避的で積極性に欠けるようになり、家庭を沈滞させてしまったからです。それが彼女には歯がゆく物足りなかったのでしょう。

大手術したあとは、体重が三十キロを切って、その姿を誰にも見せたくないと、彼女の親兄弟、僕の兄弟にも面会を拒否していましたから、僕と息子の二人きりで看病をしていました。何度か入退院をくり返し、家にいるときは、配送されてくる薬剤を、僕が朝夕点滴をしたりで、それは大変でした。

医師から絶望を告げられていたのは僕だけで、彼女は手術をしたのだから回復すると信じていたようでした。それでまた療養について意見の違いから誤解も生じて、感情的になっていました。僕としては一縷の望みをつないで、アガリクスや民間療法など何でも試してみようと提案したのですが、手術して治ったと思っている彼女は疑念を抱き不愉快になるわけです。

二十四時間点滴を離せない状態は大変な苦痛ですから苛立つのは当然としても、その気持ちのまま逝ってしまったのではないかと思うと、とても気がかりで心残りでならないです。亡くなったのは平成十一（一九九九）年二月でした。

でも振り返ってみますと、わりといざこざの多い仲ではありましたけれど、お互いに冷淡なところはなかったので、関係としては、それなりに濃密だったのではないかと思っています。僕はマンガ家という職業柄いつも家にいますから、一般家庭とくらべると、妻子と一緒に過ごした時間は長かったわけです。その分煮詰まって、お互いの思い入れも濃くなりすぎて、相手との距離も保てなくなっていたのではないかと、そんな気もしているのです。反発し合いながらも、同時に依存もしていたのではないでしょうか。だから先立たれてからは、僕はひどい喪失感、虚脱感を覚え、もう何をする気力もなくしてしまったような気持ちになっております。

（談）

初出一覧

巻頭口絵
『駄菓子屋』（ワイズ出版、一九九四年六月）

私の絵日記
八～一八一頁および「あとがき」……『私の絵日記』（北冬書房、一九八二年十月）
一八二～一八九頁および「あとがきに代えて」……『幸せって何？――マキの東京絵日記』（文春文庫ビジュアル版、一九八七年七月）

マキの思い出エッセイ・マキの懐しい風景
「お地ぞうさま」「秘密のアルバイト」「ダルマストーブ」「見知らぬ町で見ーつけた」「そうだったらイイのにな」……月刊「情報ジャーナル」（ＰＲ誌）
「消えていく、おもしろいお店」……『こんなおみせしってる？』（「かがくのとも」二〇一号／福音館書店、一九八五年十二月）
二一六、二三六頁……早川書店・書店用ブックカバー、袋
二三七頁……調布市立第三中学校ＰＴＡ広報誌「つどい」六五号（一九九〇年七月十日）
二三九頁……同「つどい」六七号（一九九一年三月十日）

二四六頁……同「つどい」六六号（一九九〇年十二月十日）
＊右記以外は初出不明。エッセイと絵の多くは『駄菓子屋』に収録
家族写真集『私の絵日記』（学研M文庫、二〇〇三年一月）
妻、藤原マキのこと『私の絵日記』（学研M文庫）への語り下ろし

本書は、単行本『私の絵日記』（北冬書房　一九八二年十月刊）を増補再編集した文庫、『幸せって何？――マキの東京絵日記』（文春文庫ビジュアル版　一九八七年七月刊）をさらに再編集した、『私の絵日記』（学研M文庫　二〇〇三年一月刊）を元に編集しました。

解説　藤原マキさんのこと

佐野史郎

つげ義春原作、石井輝男監督、映画『ゲンセンカン主人』の撮影のため伊豆に滞在していた一九九二年十二月、つげ義春さんと藤原マキさん、十七歳の正助くんとで撮影現場に見学にいらした。原作者として、そしてラストシーンに登場するつげさんご一家ご本人として。

私はつげさんとおぼしき男の役を務めさせていただいていた。数少ない主演映画のなかの一本でもあるし、大のつげ義春ファンの私にとって、特に想い入れの強い作品だ。おまけに監督は網走番外地シリーズでその名を馳せた石井輝男！　あの、高倉健さんを不動のスターにした巨匠。後に、イタリアのウディネで毎年開催されているFAR EAST FILM FESTIVAL（極東映画祭）の石井輝男特集に『ゲンセンカン主人』の出演者として招待された折、監督と同道させていただいたが、ヨーロッパでの監督のCULT KINGとしてのその人気の高さに、正直、驚かされたものだ。

そんな石井輝男監督の撮影現場にいて、けれどももっとも感慨深かったのは、つげさんご本人とはもちろんのこと、藤原マキさんとお会いできたことだった。

つげさんが不安神経症を抱えていらっしゃることは知られていたし、他人と会うことが苦痛であるという認識だったので、大勢のスタッフやキャストのいる撮影現場にいらっしゃるということが、どれほど大変なことかはお察しした。しかし、撮影現場ではそんな気配はみじんも感じられず、実に楽しそうにつげさんは正助くんと二人、カメラを片手に現場を見守ってくださっていた。そしてマキさんも、そんなお二人のそばにいて、終始にこやかに現場を楽しんでいらしたようにお見受けした。『私の絵日記』に記されている深刻な日常とはかけ離れた、実におだやかな時間がそこにはあった。そして厳しい演出で知られる石井監督も、この現場では常に穏やかで、大好きなつげさんの世界の撮影を楽しんでいらしたように振り返る。

実は、藤原マキさんと僕とは劇団の先輩後輩にあたる。マキさんは、唐十郎率いる劇団状況劇場の初期の主演女優。私はそれから十五年ほど遅れて入団したのだが、〈藤原マキ〉といえば強烈な個性を持った伝説の女優として語り継がれていた。唐十郎、麿赤児、大久保鷹、吉澤健、不破万作、金子國義、四谷シモン、藤原マキ、李礼仙……劇団状況劇場初期のメンバーの、その名を聞いただけで、今でも鳥肌が立つほどだ。想えば、石井輝男監督の代表作のなかの一つ『江戸川乱歩全集　恐怖奇形人間』で強烈な印象を残した舞踏家、土方巽は唐十郎の師である。

おどろおどろしい、暗黒の、けれどなんとも可笑しみのある言葉と空気を放つ先達の肉体の前では、ひどく薄っぺらな私だが、それでもその空気に憧れて、そしてその空気を吸いたくて役者の道を歩んでいた。

その藤原マキさんが、目の前にいる。

加えて、私の妻の石川真希は劇団状況劇場の一年先輩で『ゲンセンカン主人』にも出演。奇しくも状況劇場出身の〈二人のマキ〉のご対面と相成った。

藤原マキさんのことは状況劇場での伝説と共に、つげさんの随筆も読んでいたからか、お会いした時になんだかとても懐かしい気がした。マキさんの『私の絵日記』に描かれている日常は我が家とはもちろん違うけれど、結果として、表現に関わる者同士が同じ屋根の下で生活をするというところでの葛藤は、共通する部分もあるので深くうなずいたりしながら読んでしまう。また、絵本『こんなおみせしってる？』の世界は、大好きな、自分の身体に染みついていた世界。吉祥寺の駅前にあった卵屋さんなんて、ついこの間まであったような気がするけど、なくなってから何十年も過ぎていた。唐さんの芝居や小説にも登場する人体模型、私のデビュー映画、林海象監督『夢みるように眠りたい』の舞台となった浅草のあの店、この店……。

『ゲンセンカン主人』公開後、一九九四年、それまでに発表された作品がまとめられ、藤原マキ画集『駄菓子屋』として出版された。あわせて渋谷の小さな画廊で個展も開

左から、藤原マキさん、つげ義春さん、私、妻の石川真希

かれ、私は石川真希と一緒に、四谷シモンさんも誘って画廊に足を運んだ。

シモンさんは状況劇場の大先輩ではあるけれど、我ら夫婦とはとっても仲よし。まだ劇団時代、久しぶりにシモンさんが客演した時、我々も一緒にいて、紅テントを担いで旅回りもし、芝居仲間としての空気を共有していたこともあるからだけれど、〈演劇〉というものに惹かれていたというよりも〈とんでもないもの〉を見つけては驚き、笑い、感動しあえる仲間だからだといった方が良いだろうか?

さて、そうして状況劇場出身の新旧とりまぜてのメンバーが並ぶことと相なった。

シモンさんは「何年ぶりかしら?　二十五年?!」と再会を喜び、「私たち、フィーリングが合ったのよね〜」とマキさんがシモンさんと状況劇場時代の唐さんとの時間を振り返ると、一九六〇年代そのままの空気が流れ込んで来て、画廊の空気をさらに密にした。

つげさんは『私の絵日記』のあとがきに、マキさんは〈芸術〉を求め、つげさんは〈生活〉を最優先すると記していらしたが、いつしかそれは入れ子になって、おふた方共に〈芸術〉のなかに〈生活〉が宿り、〈生活〉そのものが〈芸術〉となるという転倒を現すこととなった。

そんな〈とんでもないもの〉には、めったに出会うことはできない。

ところが、『私の絵日記』にはサラリと、いとも何事もなかったかのように、〈とんでもないもの〉が表わされている。


表現の手法は様々だ。

千年以上続く神事や、何百年も継承されている伝統芸能、技芸もあれば、日々消費されるように現われては消えるものもある。

〈表現〉というものが、何か特別なことだと表現する側も受け取る側も思っている人は少なくないだろう。いや、私自身、そんな〈特別なこと〉にうち震えることもある。

〈とんでもないもの〉と想わせてくれる〈特別なこと〉に出会えた時の、怖れと喜びははかり知れない。けれど哀しいことに〈特別なこと〉が必ずしも〈とんでもないもの〉とはならないようだ。〈こと〉は形になりやすく、〈もの〉は目に見えて言い表すことができないからだろうか？　逆もまた同じようにも思えるけれど。

　いずれにせよ、実は、多くの人びとが〈ありきたりのもの〉と思っているもののなかに〈特別なこと〉〈とんでもないもの〉が隠されているのかもしれない。

『私の絵日記』にはそれがある。


　藤原マキさんも、石井輝男監督も、もうこの世にはいない。この本に記されているものも、同じものが残されていたとしても、同じ人間が生きていたとしても、もう過ぎ去った過去の形や身体だ。現在進行形のこの時間と空間から眺めれば、自分も含めてすべてはあの世のものだろう。

『私の絵日記』のなかの「画集　藤原マキの懐かしい風景」は、戦時中、疎開先の想い出を描いたもの。

　少女時代、マキさんは島根県、出雲地方の山中で過ごしたという。今は合併して雲南市。

　神話の故郷。スサノヲとクシイナダヒメが出会い、結ばれた縁結びの地だ。

　神話はいつしか現実と連なって、今日、ここに、この国があるということは、この地に暮らす人びとにとって〈特別なこと〉かもしれない。

　出雲地方、松江が故郷の私にとっても、たしかに神話は、出雲の地にそれが継承されているということは〈特別なこと〉だ。

だからなのかもしれない、自分が生まれる前に、あの出雲の山中で過ごした藤原マキさんを想う時、胸がしめつけられる想いがするのは。その懐かしい風景が神話の時代から脈々と続き、そしてそのことが生々しく感じられるのは。

単に、あの、出雲の空気を自分も知っていて、あるいは勤務医をしていた私の父親が実家の医院を継ぐために東京から松江へ帰り、転校生として出雲の地に触れた小学生の時のあの空気と似たものを感じたからだけではない。また、つげさん一家が暮らす調布や、我が家のある吉祥寺、武蔵野の空気が、出雲の地と溶けあって感じられるからだけではない。

瞬間瞬間の空気を身体いっぱいに染みこませて生きた少女の一生を想う時、つげ義春さんが願ったように、〈とんでもないもの〉とは無縁の穏やかな〈生活〉をこの国にいて営むことができますようにと祈る気持ちが芽生えてくるからなのかもしれない。そして、それと同時に〈とんでもないもの〉を召還しようと、自分のなかの暗黒とも向きあうのだ。

『私の絵日記』のなかに、こうした矛盾を解き明かし、解きほどく手だてが隠されているかもしれない。

ちくま文庫

私《わたし》の絵《え》日記《にっき》

二〇一四年二月十日　第一刷発行
二〇二四年十月十五日　第三刷発行

著者　藤原マキ（ふじわら・まき）

発行者　増田健史
発行所　株式会社　筑摩書房
東京都台東区蔵前二―五―三　〒一一一―八七五五
電話番号　〇三―五六八七―二六〇一（代表）
装幀者　安野光雅
印刷所　三松堂印刷株式会社
製本所　三松堂印刷株式会社

ISBN978-4-480-43153-0　C0195